KB273681

이 망할 열네 살

이 망할 열네 살

김혜정 장편소설

사□□계절

차 례

프롤로그
중 1이라는 이세계(異世界)에 도착했습니다

이세계로 가는 만화나 웹소설을 보며 '흠, 저거 좀 재밌겠는데?' 생각했다. 나는 그대로인데 전혀 다른 세계에서 펼쳐지는 삶이라니 신날 것 같았다.

내가 틀렸다. 이세계를 꿈꾸지 말았어야 했다. 더구나 지금 도착한 이세계는 판타지가 아닌 현실이다. 그러니까 나는 영영 이곳에 도착하기 전으로 돌아갈 수 없다는 뜻이다.

한마디로, 망했다.

1부
새로운 환경

1. 입학

빳빳하게 다려진 바지와 셔츠를 차례대로 입은 후 넥타이를 맸다. 너무 느슨하지도 않고 꽉 조이지도 않은 적당한 상태로. 거울을 보며 넥타이 조임을 확인했다. 음, 이 정도가 딱 좋다. 마지막으로 교복 재킷을 입었는데 소매가 손목 아래까지 쑥 내려왔다. 조금 크지만 원래 교복은 크게 사야 한다고 교복 가게에서 그랬다. 3학년까지 입으려면 넉넉해야 한다며 말이다. 이렇게 해도 도중에 작아져 다시 사는 경우가 있다고 그랬는데, 정말로 이 교복이 작아지는 날이 올까? 지금 이렇게나 큰데?

책상 위에 둔 가방을 챙겨 거실로 나왔다. 아빠와 엄마도 준비를 다 마친 상태였다.

"어머, 우리 아들 교복 입으니까 더 멋있네."

아빠가 나를 이리저리 둘러보며 말했다.

"내가 좀 멋있긴 하지."

나는 어깨를 으쓱하며 대꾸했다. 현관 쪽으로 가던 하랑이 고개를 돌려 나를 보더니 "똑같은데 뭐." 하고 한마디 했다. 엄마가 하랑에게 우리도 곧 나갈 거라며 같이 가자고 했지만, 하랑은 8시 40분까지 가야 한다며 먼저 나가겠다고 했다. 나는 9시부터 입학식이라 조금 늦게 나가도 된다. 하랑이 전학한 신호수 초등학교와 내가 입학하는 신호수 중학교는 바로 옆에 붙어 있다.

"오빠, 입학 축하해!"

하랑이 크게 말한 후 문을 열고 나갔다.

시간에 맞춰 엄마, 아빠와 함께 집에서 나왔다. 학교가 아파트 단지 안에 있어서 걸으면 10분밖에 걸리지 않는다. 이사를 오면서 엄마와 아빠는 그것을 가장 마음에 들어 했다.

내가 졸업한 초등학교는 외곽 지역이라 셔틀버스를 타고 다녔다. 우리 집에서 차로 10분 거리지만 아이들이 타는 곳이 제각각이라 도착까지 30분이 조금 넘게 걸렸다. 셔틀버스 안에서도 친구들과 놀 수 있기에 그 시간이 지루하지 않았다. 초등학교는 너무 재미있었다. 특히 6학년은 더 좋았다. 우리들이 주말에도 학교를 나오고 싶다고 하자 담임 선생님은 그런 끔찍한 소리 하지 말라고 했다. 말은 그렇게 했지만 선생님은 우리를 정말 아끼고 좋아해 주었다. 선생님 성함이 이유람이라 우리 반은 '6-1 유람선'으로 불렸다. 졸업식 날 선생님은 교실을 배 모양으로 꾸며 놓고 우리에게 항해사가 쓰는 모자를 하나씩 주었다. 직접 만든 거였다. 졸업식은 울음바다였는데 우리 반에서 가장 많이 운 건 바로 선생님이었다.

"우리 열다섯 유람선들, 이제 초등학교라는 항해를 마쳤어요. 정말정말 수고 많았어요. 우리 유람선들의 중학교 항해를 선생님이 응원할 거예요."

선생님은 울음을 삼키며 간신히 말했다. 하지만 회장인 내 신호에 맞춰 반 아이들이 다같이 "이유람 선장님, 감사합니다!"라고 큰 소리로 말한 뒤, 아이돌 노래를 선생님 이름으로 개사해 부르자 결국 울음을 터뜨렸다.

나만 빼고 나머지 열네 명의 유람선들은 모두 같은 중학교에 입학했다. 나는 엄마가 회사를 옮기면서 이사를 올 수밖에 없었다. 나도 친구들도 헤어지는 걸 몹시 아쉬워했다. 졸업식 날 받은 롤링 페이퍼에 친구들은 자기를 잊지 말라고, 나와 같은 반이 될 아이들이 너무 부럽다고 적었다.

학교까지 가는데 길에 나와 같은 교복을 입은 중학생들이 종종 보였다. 다 1학년일 것 같았다. 2학년과 3학년은 이미 등교 시간이 지났으니까. 그런데 왜 아이들만 있는 거지? 함께 가는 어른들이 보이지 않았다.

"학교가 엄청 크긴 하다."

엄마와 아빠가 학교 건물을 보며 놀랐다. 5층짜리 건물이 두 개나 있었지만 운동장은 내가 나온 초등학교보다 더 작았다. 신호수 중학교에 오는 건 오늘이 두 번째다. 지난주에 교과서를 받으러 왔었다.

"근데 왜 꽃을 안 파는 거지?"

보통 졸업식이나 입학식 때에는 학교 앞에 꽃을 팔러 오는 사람이 있는데 오늘은 보이지 않았다. 아빠가 꽃을 사 오겠다며 먼저 들어가 있으라고 했다. 나는 괜찮다고 했지만 아빠는 입학식에 꽃이 빠지면 안 된다며 상가 쪽으로 뛰어갔다.

엄마와 나만 입학식이 열릴 강당으로 왔다. 아이들이 제법 많이 모여 있었다. 나는 엄마와 인사를 한 후 1학년 10반을 찾았다. 10반까지 있다니. 내가 나온 초등학교는 2반까지밖에 없어서 6년 내내 1반 아니면 2반을 했다.

10반 아이들이 서 있는 곳으로 갔다. 다들 서로 아는 사이인지 대화를 하거나 장난치고 있었다. 나도 옆에 있는 아이에게 말을 걸려고 했는데 곧바로 입학식이 시작된다는 안내가 나왔다.

주머니 속 휴대폰의 진동이 느껴졌다.

–아빠가 꽃 사 왔어!

고개를 돌려 보니 뒤쪽 중앙에 엄마와 아빠가 서 있었다. 키가 큰 엄마와 키가 작은 아빠가 나란히 서 있어 확 눈에 띄었다. 엄마는 176센티미터로 여자치고 키가 컸고, 아빠는 그보다 10센티미터쯤 작아 남자 평균 키보다 작았다. 하랑은 엄마를 닮아 6학년인데도 키가 166센티미터다. 벌써 아빠랑 키가 비슷하다. 나는 아빠를 닮아 하랑보다 키가 작다. 그래서 사람들은 종종 하랑을 누나라고 오해했다.

입학식은 길지도 짧지도 않았다. 1학년 1반 1번인 신입생 대표가 신입생 선서를 하고 교장 선생님이 환영사를 했다. 선생님들 소개가 있었지만 처음 만나는 거라 누가 누군지 알 수 없었고, 교가를 부르는 순서로 이어졌는데 당연히 신입생 중에 교가를 아는 사람은 없었다.

담임 선생님이 교실로 가면 된다고 했다. 가족과 사진 찍는 시간은 따로 없는 건가? 어른들이 손에 꼽을 정도로 몇

명 보이지 않았다. 며칠 전 엄마와 아빠가 중학교 입학식은 가족들이 많이 가지 않는다며 나에게 어떻게 하면 좋을지 물었다. 나는 당연히 와야 한다고 했다. 이럴 줄 알았으면 오지 말라고 할 걸 그랬다. 괜히 엄마 회사 휴가만 쓰게 했다.

강당을 나가려는데 아빠가 다가와 꽃다발을 건네줬다. 나는 이따가 집에서 보자는 말을 하며 아이들에게 휩쓸려 강당을 나왔다.

1학년 10반 교실은 본관 2층이었다. 교실 문을 열고 들어서는데 순간 숨이 턱 막혔다. 교실이 왜 이렇게 작은 거지? 다시 보니 교실이 작은 게 아니라 교실 안에 책상이 너무 많았다. 한 반에 30명씩이라고 들었을 때 조금 많다 싶긴 했지만 크게 와닿지 않았다. 하지만 책상이 다닥다닥 놓여 있는 걸 보니 확 실감이 났다.

"자, 자기 번호대로 앉으세요."

번호는 이름순이라 나는 9번이었다. 자리는 두 번째 줄 중간이다. 자리에 앉아 둘러보니 꽃다발을 든 건 나뿐이었다. 꽃다발이 너무 커서 책상 전체를 꽉 채웠다. 그렇다고 바닥에 내려놓으려니 자리가 마땅찮았다. 아빠는 왜 이렇게 큰 꽃다발을 사 온 걸까.

엄마랑 비슷한 나이로 보이는 담임 선생님은 영어를 가르

친다고 자신을 소개했다. 그런 다음 1번부터 출석을 불렀다. 아이들이 앉은 채로 손만 들었기에 얼굴을 제대로 보지 못했다.

선생님이 시간표를 한 장씩 나눠 주며 오늘 6교시까지 수업을 전부 다 한다고 했다. 초등학교 때는 입학식만 하고 바로 끝났던 것 같은데 중학교는 달랐다.

"뒤에 사물함 있어요. 자기 번호대로 쓰면 됩니다. 그럼 정리하세요."

선생님 말씀이 끝나자마자 수업을 마치는 종이 울렸다. 나는 가방에서 챙겨 온 교과서를 꺼냈다. 오늘 수업인 과목 교과서를 빼고 나머지는 사물함에 넣었다. 꽃다발도 사물함에 넣으려는데 잘 들어가지 않았다. 그래도 여기 아니면 둘 데가 없다. 하는 수 없이 꽃을 구겨서 간신히 넣은 후 사물함 문을 닫았다.

오늘도 학원까지 마치고 집으로 돌아와, 가방도 못 벗고 한참을 소파에 기대앉아 있었다.

"오빠, 뭐 해?"

하랑이 현관문을 열고 들어오며 물었다. 대답할 기운도 없어 가만히 있으니 더는 물어보지 않았다. 제 방에 들어갔던 하랑이 다시 나왔다. 흘깃 쳐다보니 작은 보조 가방을 챙긴 상태였다.

"어디 가?"

"친구들이 마라탕 먹으러 가자고 해서."

"너 마라탕 안 좋아하잖아."

"근데 애들이 맛있대. 다녀올게."

하랑이 그 말을 남기고 나갔다.

이사 소식에 하랑은 울고불고 난리도 아니었다. 친구들과 헤어질 수 없다며, 친구 세아가 자기 집에서 살아도 된다고 했으니 자기만 두고 이사 가라는 말도 안 되는 소리를 했다. 하랑이 전학은 절대 안 간다고 하는 바람에 엄마와 아빠는 심각하게 고민했다. 나와 다르게 하랑은 낯을 가리고 친구 사귀는 걸 어려워했다. 엄마만 회사 근처로 옮기고 아빠와 나, 하랑은 그대로 살면서 엄마가 주말에만 오는 방안도 생각했다. 다큐멘터리 영화 감독인 아빠는 촬영이 없을 때는 집에 있다. 하지만 아빠가 촬영을 하러 가면 나와 하랑이 둘만 집에 있어야 하고, 아빠는 엄마와 떨어져 지내고 싶지 않다고 했다. 하랑을 달래고 설득하는 데만 한 달이 걸렸다. 하랑이 친구를 만나고 싶어 할 때는 데려다주고, 휴대폰도 바꿔 주는 조건으로 하랑은 이사를 받아들였다. 그런데 마라탕 약속이라니. 새 학기가 시작된 지 며칠 안 되었는데 벌써 친구를 사귄 건가?

마라탕을 생각하니 나도 모르게 침이 고였다.

처음 마라탕을 먹었을 때가 기억난다. 5학년 때 윤재가 인터넷에서 봤다며 마라탕을 먹으러 가자고 했다. 하지만 학교와 집 근처에는 마라탕 가게가 없었다. 찾아보니 버스를 타고 30분을 가면 시내에 마라탕을 파는 곳이 있었다. 나와 윤재, 서준, 지호는 마라탕을 먹으러 가기로 계획을 세웠다. 어른 없이 버스를 타는 건 처음이었다. 버스 맨 뒷자리에 넷이 나란히 앉았다. 처음에는 긴장되었는데 어느새 다 잊고 신나게 떠들었다. 결국 기사님에게 좀 조용히 대화하라는 주의까지 받았다. 한창 떠들다가 내릴 곳을 놓칠 뻔했는데 윤재가 알아차려서 급하게 내렸다.

마라탕 가게는 냄새가 꽤 이상했다. 처음 맡아 본 향이었다. 매콤하면서도 느끼했다. 한쪽 벽면에 조리되지 않은 재료들이 놓여 있었다. 도통 어떻게 주문을 해야 하는지 알 수 없었다. 우리가 본 영상에는 마라탕을 먹는 모습만 나왔으니까. 우물쭈물 있으니 가게 사장님이 주문하는 법을 알려 주었다. 우리는 먹고 싶은 것을 마음껏 골랐다. 거기 있는 재료들을 하나씩 다 고른 것 같았다. 냄비가 가득 찼지만 잘 먹는 서준이 있기에 걱정하지 않았다.

주문한 마라탕이 나왔다. 윽. 첫 입을 먹자마자 나는 인상을 썼다. 나만 그런 게 아니었다. 윤재도 서준도 지호도 미묘한 표정을 짓고 있었다. 한 입만 먹어 봐서는 알 수 없으니 다시 먹었다. 하지만 먹을수록 이상한 맛이 났다. 누구도 맛있다는 말을 하지 않았다. 우리가 기대한 맛이 아니었다. 결국 마라탕을 반도 채 먹지 못하고 남겼다. 서준마저도 이건 못 먹겠다고 했다. 맥이 빠졌다. 마라탕 먹을 생각에 얼마나 신났었는데! 마라탕 가게를 찾고, 버스 노선을 알아보는 동안 우리는 만화 〈원피스〉의 주인공들이 된 것 같았다. 터덜터덜 무인 아이스크림 가게에 가서 아이스크림을 사 먹었다. 그런데 아이스크림을 먹자마자 우리는 다시 기분이 좋아졌다. 마라탕을 먹기 직전의 기분이 되어 집에 가는 버스를 탔다. 정말 신기한 날이었다. 물론 이제는 우리 모두 마라탕을 좋아하고 잘 먹는다.

아, 생각하니 나도 마라탕 먹고 싶다…….

소파에 잠깐 누워 있으려고 했는데 잠이 들었나 보다. 아빠의 저녁 먹으라는 소리를 듣고 일어났다. 엄마와 아빠뿐 아니라 하랑도 언제 왔는지 이미 식탁 앞에 앉아 있었다.

엄마가 내가 좋아하는 만두전골을 사 왔다.

"아빠, 난 조금만 줘. 마라탕 먹어서 배불러."

아빠가 전골을 반만 담은 그릇을 하랑에게 주었다. 하랑은 상가에 마라탕 가게가 두 군데 있는데 한 곳만 인기가 많고, 친구들이 알려 줘서 인기 많은 집에 갔는데 오래 기다렸다가 먹었다는 이야기를 한참 했다.

"아, 마라탕 너무 맛있는 거 같아. 이제까지 그걸 왜 몰랐지?"

하랑은 다음에 마라탕을 먹으러 가자고 했다. 우리 가족은 한 번도 마라탕을 다 같이 먹은 적이 없다. 하랑이 싫다고 했기 때문이다. 앞으로 외식할 때 마라탕을 먹을 수 있을 것 같다.

만두가 뜨거워 입천장이 데었다. 난 얼른 물을 마셔 열기를 식혔다. 덕분에 잠은 다 깼다.

"새 학교는 어때? 마음에 들어?"

아빠가 나와 하랑에게 물었다. 나는 아직 잘 모르겠다고 대답했다. 초등학교와 다르게 매 수업 시간마다 다른 선생님이 들어와 수업을 했고 반 아이들과 제대로 이야기를 나누지 못했다. 쉬는 시간과 점심시간이 있었지만 전부터 알던 아이들끼리 모여 있는 것 같았다. 대부분 신호수 초등학교 졸업생들이라 그런가 보다. 게임 이야기를 하면 좀 친해질까 싶어서 몇몇 아이들에게 다가가 내가 하는 게임을 말하며 "같이 할래?"라고 물어보니 "초딩도 아니고 누가 그걸 해."라는 답변이 돌아왔다. 아니, 뭐 초딩 게임, 중딩 게임이 따로 있나?

"난 우리 학교 재밌을 거 같아."

하랑은 만두에 숟가락도 대지 않고 학교 이야기를 하기 시작했다. 하랑의 만두는 처음 그대로였다.

"우리 학교엔 운동 클럽이 있는데 무조건 하나씩 가입해야 한대."

"넌 뭐 하고 싶은데?"

엄마가 하랑에게 물었다.

"걷기 클럽 할까 싶기도 해. 우리 담임 선생님이 그 클럽 담당이래. 근데 그 클럽을 예전 우리 선생님 반 학생들이 직접 만들었다는 거야. 그 창단 멤버들 지금 오빠네 학교 3학년인데 그 선배들은 아직도 모여서 걷는대."

하랑이 들뜬 목소리로 말했다. 엄마와 아빠가 재밌겠다고 호응했지만 나는 걷기는 별로다. 운동은 자고로 몸을 많이 움직여 땀이 나야 한다. 내가 가장 좋아하는 운동은 바로 축구다. 우리 학교에 운동 클럽이 있으면 나는 무조건 축구를 할 거다.

저녁을 다 먹고 방으로 들어왔다. 좀 쉬려고 했는데 아차, 학원 숙제가 있는 게 떠올랐다. 학교는 숙제가 없는데 학원은 그렇지가 않다. 영어와 수학 둘 다 숙제 양이 제법 많았다. 얼른 끝내고 쉬려고 했지만 결코 빨리 끝낼 수 없었다. 언제나 그건 꿈일 뿐이다.

2。 회장 선거

수학 학원 복도를 걷다가 같은 반인 선우진과 마주쳤다. 인사를 하려는데 우진은 나를 쌩 하니 지나쳐 갔다. 나를 못 본 건가? 내가 조금 더 적극적으로 이름을 불러 인사를 했어야 하나? 나를 못 본 건지 못 알아본 건지 알 수가 없었다. 사실 이런 일이 처음도 아니다.

어제는 학원 엘리베이터에서 박윤수를 만났다. 내가 인사를 했더니 나보고 누구냐고 물었다. 그래서 "같은 반. 나도 10반인데." 했더니 그랬냐고 오히려 되물었다. 1학년이 된지 일주일이 지났다. 30명이 같은 반인지 잘 모를 정도로 많은 수인가? 많다면 많지만 또 그렇게 많은 숫자는 아닌데.

내가 다녔던 초등학교는 전교생이 150명인데 서로 다 알고 지냈다. 지금 나는 반 아이들을 전부 아는데, 아이들은 나를 모른다.

게다가 방금 만난 선우진은 학교에서 내 옆자리에 앉는다. 쉬는 시간이나 점심시간에 엄청 커다란 책을 읽는다. 기차 사진이 많다 싶었는데 표지를 슬쩍 보니 〈철도 대백과사전〉이었다. 선우진은 조용하다. 주로 혼자 그 책만 읽는다. 내가 말을 걸기 위해 빨간색 볼펜을 빌려 달라고 했는데, 그래서 빌려 주기까지 했으면서 나를 못 알아보다니. 물론 그때도 선우진은 나를 제대로 쳐다보지 않은 채 쓱 하니 펜만 건넸다.

수학 학원 건너편 상가에 있는 편의점에 들러 멜론우유를 샀다. 학원 건물에 있는 편의점에서는 이 멜론우유를 안 판다. 길을 건너려면 5분 더 걸어야 하지만 충분히 투자할 가치가 있다. 우리 가족은 멜론우유를 좋아하지 않는다. 멜론 아이스크림을 녹인 맛이라는데 내 생각은 다르다. 아이스크림보다는 조금 더 멜론 맛이 강하고 고소하다.

멜론우유 맛을 조금씩 음미하며 천천히 걸어 집까지 왔다. 집에는 아무도 없었다. 하랑은 요즘 친구들과 노느라 나보다 더 늦게 온다.

우유갑을 물로 씻은 후 가위로 오려 펼쳤다. 우리 집은 분리수거를 꽤 철저하게 하는 편이다. 3년 전에 아빠가 환경 관련 다큐멘터리를 만든 이후부터다. 이전에는 쓰레기를 그냥 버리면 되는 줄 알았다. 하지만 택배 상자에 붙어 있는 테이프와 페트병에 붙은 비닐을 떼야만 재활용이 가능하다. 그냥 버리면 그걸 쓰레기 정리하는 사람이 다시 해야 하는데, 그 양이 어마어마하다. 집집마다 조금만 신경 쓰면 되는데 말이다.

방으로 들어와 의자에 걸터앉았다. 일주일이 되도록 교실에서 존재감이 없다니 이건 말도 안 된다. 도하민 인생 최대의 위기다. 하지만 내가 누군가? 위기를 기회로 만드는 도하민이다.

마침 내일 회장 선거가 있다. 거기 나가서 내 존재를 확실히 보여 줘야겠다. 지금까지는 반 아이들에게 날 알릴 기회가 없었을 뿐이다. 나를 알게 된다면 다들 나를 좋아할 수밖에 없다. 무엇보다 난 3학년 때부터 6학년 때까지 회장을 도맡아 했고 5학년 때는 전교 부회장, 6학년 때는 전교 회장까지 했다.

가만있어 보자. 소견 발표를 어떻게 준비하면 좋을까?

우선 두 가지 전략이 있다. 첫 번째는 웃음기 빼고 진지하게 공약 말하기, 두 번째는 재미있게 노래나 랩을 이용해 말하기. 3학년과 5학년 때는 첫 번째를, 4학년과 6학년 때는 두 번째 전략을 택했다. 작년에는 거의 콘서트를 준비했다. 아빠가 좋아하는 〈여러분〉이라는 노래를 개사해서 "내가 만약 반장 된다면 우리 반 매일 신나지."라고 진지하면서 재밌게 노래했다. 아이들은 〈여러분〉을 잘 몰랐는데, 이후로 한동안 그 노래를 패러디해 엄청 부르고 다녔다.

올해는 어떤 게 좋을까. 첫 번째는 안전하지만 존재감 없이 묻힐 확률이 크다. 그래, 이번에는 첫 번째와 두 번째를 섞어야겠다. 노래로 주의를 집중시킨 다음, 회장이 되어 해 나갈 공약을 멋지게 발표하는 거다. 유머와 품위 두 가지를 모두 소화해 낼 수 있는 사람이 바로 나, 도하민이다.

앱을 열어 요즘 인기 많은 아이돌 노래 중 뭐가 좋을까 찾았다. 내가 또 한노래 하니까 다들 나를 새롭게 볼 거다.

왜 이렇게 긴장이 되는 거지? 교실이 덥지도 않은데 이마에 살짝 땀이 났다. 아랫배가 살살 아픈 것 같기도 했다. 아침에 우유를 너무 많이 마셨나? 배를 문지르며 마음을 다잡았다. 아냐, 떨 거 없어. 내가 누구야? 나, 도하민이라고. 나는 두 주먹을 불끈 쥐었다. 오늘 이후로 반에서 내 위상은

180도 달라질 거다. 초등학교 때처럼 쉬는 시간이면 다들 내 주변으로 몰려들 거고, 교실에서 내 이름을 부르는 소리가 끊이지 않겠지. 그 상상을 하자 슬금슬금 긴장이 풀리며 마음이 편해졌다.

교실을 둘러봤다. 아이들은 절반 정도 온 것 같았다. 오늘 회장 선거는 1교시 창체 시간에 하기로 했다.

조회를 하러 들어온 선생님은 몇 가지 주의 사항을 전달한 후 바로 회장 선거를 하자고 했다.

"회장 선거 입후보하고 싶은 사람 손 들어요."

나는 오른손을 번쩍 들었다. 남자는 나와 박윤수 두 명밖에 없었고 여자는 세 명이었다. 생각보다 회장을 하고 싶어 하는 아이가 적었다. 남자, 여자 회장을 각각 뽑으니 박윤수와 나의 대결이었다.

번호 순서대로 소견 발표를 하기로 했다. 나는 김예나에 이어 두 번째다.

김예나는 차분하게 회장이 되면 할 일을 발표했다. 목소리가 작아서 반응이 그저 그랬다.

나는 심호흡을 길게 한 다음 교탁 앞에 섰다. 반은 나를 보고 있지만 나머지 반은 고개를 숙이고 있거나 딴짓을 하고 있었다. 후훗. 나에게 확 집중하게 만들어야지.

어제 연습한 대로 랩을 먼저 시작했다.

"나, 나. 바로바로 도하민. 내가 여기 서 있는 이유는 바로바로."

어? 뭐지? 반 아이들 표정이 다들 굳어 있다. 피식 웃거나 "뭐냐?"라고 한마디 해야 하는데?

준비한 랩을 다 끝냈지만 아이들은 얼음 상태 그대로였다. 차라리 야유라도 해 주면 나았을 텐데. 아예 무반응이었다. 이어서 준비한 소견을 말하는데 세 번째 공약은 생각이 나지 않아 두 번째까지만 말하고 말았다.

자리로 돌아왔다. 얼굴이 뜨거워지기 시작했다. 거울을 보지 않아도 내 얼굴이 얼마나 불타고 있을지 알 수 있었다.

다섯 명의 소견 발표가 모두 끝났다. 선생님이 투표 용지를 나누어 주었다. 나는 종이에 내 이름을 꾹꾹 눌러쓴 후 접어서 투표함에 넣었다.

잠시 후 개표가 시작되었다. 선생님이 투표함에서 종이를 한 장 꺼내 펼친 후 읽었다.

"도하민."

어? 내 이름이 불렸다.

"박윤수."

두 번째 표는 박윤수였다. 뭐 아직 1:1이니 괜찮다.

"도하민."

세 번째 이름은 나였다. 느낌이 좋았다. 아까 다들 겉으로 웃지 않았을 뿐 속으로 재밌다고 생각했나 보다. 그래, 내가 생각해도 가사가 재밌긴 했다. 다들 초등학생이 아니니 티 내서 큰 소리로 웃지 않았던 것뿐이다.

내가 속으로 안도하고 있을 때 선생님이 네 번째 표를 펼쳤다.

"박윤수."

아직 2:2다.

"박윤수. 박윤수. 박윤수, 박윤수."

박윤수의 이름만 계속 나왔다.

만약 이 상황이 영화였다면 "스톱!" 하고 멈출 수 있었겠지만 그럴 수 없었다. 선생님이 마지막 표를 펼칠 때까지 내 이름은 두 번 다시 나오지 않았다.

칠판에 박윤수 28표, 도하민 2표라고 적혔다. 남자 회장이 누구인지 나도 알고 모두가 아는데 선생님은 굳이 박윤수가 당선되었다고 알려 주셨다.

주은빈과 이지안, 김예나는 각각 18표, 7표, 5표를 받아 주은빈이 여자 회장이 되었다. 표 차이가 적당했다. 김예나는 3등을 했지만 별로 창피할 것 같지 않았다. 어쨌든 5표나 받았으니까. 김예나는 좋겠다.

곧바로 부회장 선거가 이어졌다. 부회장 선거는 아예 나가지 않았다. 내가 바보도 아니고 승산이 없다는 것을 알았으니까.

최악의 날이었다. 오늘 하루를 어떻게 버텼는지 모르겠다. 하필 회장 선거는 1교시였고 그때부터 학교에 있는 게 너무나 고통스러웠다. 그나마 다행인 건 반 아이들이 아무도 나에게 관심이 없다는 거였다. 차라리 "야, 어떻게 두 표밖에 못 받았냐?"라고 놀리기라도 하면 나도 깔깔대며 "그러게. 나야, 두 표의 도하민! 앞으로 투하민이라고 불러 줘." 하고 맞받아치며 개그 소재로라도 삼았을 텐데. 아빠가 그랬다. 웃긴 사람이 되는 건 얼마든지 좋지만 우스운 사람은 되지 말라고. 그런데 나는 우스운 사람이 되어 버렸다.

저녁을 먹으며 엄마가 물었다.

"참, 오늘 회장 선거 한다고 하지 않았어?"

"아, 안 됐어."

나는 최대한 아무렇지 않은 척 말했다. 차마 두 표를 받았다고 말할 수 없었다.

"우리 하민이 초등학교 때 회장 하느라 수고 많았지. 이제 좀 쉴 때도 됐어."

"그럼. 올해는 좀 편하게 다니면 되겠네."

아빠와 엄마가 말을 주고받았고 나는 그러겠다는 뜻으로 미소를 지었다. 억지로 웃어서 그런지 볼이 당겼다.

입맛이 없었지만 밥을 남기면 가족들이 이상하게 생각할까 봐 꾸역꾸역 한 그릇을 다 먹었다. 아빠가 후식으로 과일을 먹으라고 했다. 나는 숙제가 많다며 방으로 들어왔다.

남자아이들이 왜 아무도 출마하지 않았는지는 하교할 때쯤 알게 되었다. 어차피 박윤수가 될 거라서 그런 거였다. 박윤수는 바로 신호수 중의 도하민이었다. 나처럼 초등학교 3학년 때부터 쭉 학급 회장을 하고 6학년 때는 전교 회장이었다고 했다. 나는 그 정보를 몰랐다.

초등학교 때 친구들이 보고 싶다. 그중에서 가장 보고 싶은 건 윤재다. 윤재랑은 4학년 때 처음 같은 반이 되었는데 그때는 사이가 별로 좋지 않았다. 내가 무슨 말만 하면 윤재가 시비를 걸며 따졌다.

"회장이면 다야?"

"지가 선생님인 줄 아나 봐."

참고 또 참았지만 더는 참을 수 없었다. 결국 교실에서 윤재와 대판 치고받고 싸우면서 나는 그동안 서운했던 것을 다다다다 말했다. 그랬더니 윤재가 그랬다.

"그럼 너는 왜 나 무시하는데?"

나만 윤재한테 서운한 게 아니었다. 내가 윤재의 말을 몇 번 끊기도 했고, 윤재가 내놓는 의견마다 별로라고 말했다는 거였다. 생각도 못 했지만 윤재가 이야기하니 얼핏 기억이 나는 것도 같았다. 부끄럽지만 우리 둘은 싸우다가 엉엉 울었다. 눈물보다 콧물이 더 많이 나왔다. 서준과 지호는 싸우는 우리 둘을 흉내 내며 한동안 놀렸다.

윤재에게 메시지를 보냈다.

-잘 지내?

곧바로 답이 오지 않았다. 나는 답을 기다리지 않고 욕실로 갔다. 씻고 나오니 윤재에게 답이 와 있었다.

-ㅇㅇ. 너도 잘 지내지? 새 친구 많이 사귐?

잘 지내긴커녕. 친구 사귀기는커녕. 난 잘 못 지내. 친구가 한 명도 없어. 반 아이들은 내 이름도 잘 몰라.

이 모든 말을 삼키고 '그럼'이라고 보냈다.

아직 9시밖에 되지 않았고 졸리지도 않았지만 불을 끄고 누웠다. 밝은 곳에 있고 싶지 않았다.

두 표라니. 어떻게 두 표밖에 못 받을 수가 있지? 게다가 한 표는 내가 쓴 내 이름이었다. 그래도 한 표 아닌 게 어디

냐. 두 표 받은 건 너무 속상하지만 한 표보단 훨씬 낫다. 도 대체 나머지 한 표는 누굴까? 나를 뽑아 준 아이가 몹시 궁금했다.

누군지 모르지만 하여튼 고마웠다. 나는 그 미지의 아이가 누굴지 상상하다가 그 아이의 꿀잠을 빌며 잠이 들었다.

3. 커녕의 나날

주방에 가서 물을 한 잔 마시고 방으로 돌아왔다. 태블릿을 켜서 게임을 조금 하다가 쇼츠 영상을 몇 개 봤다. 과자나 좀 먹을까. 다시 주방으로 가서 싱크대 서랍을 열었다. 봉지 과자와 비스킷이 보였다. 식탁 의자에 앉아 감자칩 봉지를 뜯은 후 하나씩 집어 먹었다.

일요일 오후, 집에는 나 혼자다. 하랑도 엄마, 아빠도 모두 외출했다.

계속 먹다 보니 좀 짰다. 냉장고에서 우유를 꺼내 마셨다. 우유 많이 마시면 키가 크는 게 맞긴 할까? 하루에 500밀리 이상을 먹는데도 효과가 없다. 반대로 우유 한 모금 마시지 않는 하랑은 나보다 키가 크다. 하랑은 우유를 먹으면 배가 아파서 어렸을 때부터 마시지 못했다. 아빠도 어릴 때 우유를 많이 마셨다고 하던데. 결국 우유는 키와 상관이 없는 걸까? 내가 이렇게 말하니 아빠는 "우유라도 마셔서 키가 이 정도 된 거야. 안 마셨으면 더 작았을지도 모르겠네."라며 다행이라고 했다.

우유 한 컵을 더 따라 마셨다. 오늘은 이 정도면 되겠지?

아빠는 학창 시절 내내 작았다고 했다. 고등학생 때 밴드부 보컬이었던 아빠는 노래를 잘하는 미소년이라 인기가 많아 팬클럽이 따로 있었는데, 팬클럽 이름이 '어린 왕자'였다고 했다. (아빠 키가 작아서 팬클럽명을 그렇게 지었다고 했다.) 나는 그 팬클럽명이 조금 슬펐는데 아빠는 별로 신경 쓰지 않는 것 같았다. 어쨌든 이건 모두 엄마가 이야기해 준 거다. 엄마는 아빠와 함께 밴드부를 했다. 엄마는 드럼을 연주했고 아빠보다 2년 선배였다. 아빠가 대학생이 되면서 사귀기 시작해 대학을 졸업하자마자, 연애 6년 만에 둘은 결혼을 했다. 그래서 우리 아빠는 다른 아빠들에 비해 많이 젊다. 내가 태어난 이후에도 아빠는 엄마를 누나라고 불렀는데, 말을 배우기 시작한 내가 엄마를 "누나"라고 불러 호칭을 "여보"와 "자기"로 바꿨다. 지금도 아빠는 가끔 엄마를 누나라고 부른다. 아빠가 "미안해, 누나."라고 애교를 부리면 엄마는 화를 풀었다.

내 키 유전자는 아빠한테서 온 걸까? 아빠와 달리 나는 평균 키로 태어났고 5학년 때까지는 반에서 큰 편이었다. 문제는 지금도 5학년 때 키라는 거다. 엄마는 정체기일 수 있다며 앞으로 키 클 시간이 많으니 걱정하지 말라고 했고, 아빠는 살아가는 데 키는 중요한 게 아니라고 했다.

거실로 나가 소파에 걸터앉아 텔레비전을 켰다. 뭐 재밌는 게 없을까. 홈쇼핑, 트로트 예능, 먹방…… 딱히 볼 게 없었다. 전원 버튼을 눌러 끈 후 소파에 누웠다.

아아, 하루가 이렇게 길었던가. 이제 겨우 오후 3시다. 어제부터 지금까지 계속 집에만 있었다. 밖에 나간다고 만날 사람이 있는 것도 아니고 놀 것도, 할 것도 없었다.

이사 오기 전에는 주말이 왜 그렇게 금방 지나가는지 아쉽고 또 아쉽기만 했다. 반 친구 집을 돌아가며 같이 게임도 하고 축구도 하며 몰려다녔다. 그래서 학교를 가는 평일보다 주말이 훨씬 바빴다. 윤재랑 서준이, 지호는 뭐 하고 있으려나? 셋이 함께 있을까? 지난 주말에 연락해 보니 셋이 모여 게임을 하고 있다고 했다. 오늘도 만났으려나? 친구들에게 메시지를 보낼까 하다가 그만두었다. 만날 수도 없는데 연락은 해서 뭐 하나.

휴대폰 메시지 함과 통화 목록을 죽 봤다. 중학교에 입학해 새로 추가한 연락처가 하나도 없다. 휴대폰 번호를 물어볼 만한 상황이 생기지 않았다. 뜬금없이 반 아이들에게 "너 휴대폰 번호 뭐야?"라고 물을 수는 없었다. 내 번호를 묻는 아이들도 없었다. 아아, 회장 선거를 나가지 말걸. 회장 선거를 치른 지 2주가 훌쩍 지났지만 그날을 떠올리면 괜히 움츠러들었다. 아무도 웃지 않던, 차가운 얼굴들이 떠올라 반 아이들을 바라보는 것도 꺼려졌다.

밤이 되려면 몇 시간이 남았나. 여덟 시간만 지나면 잘 시간이고 내일이 오겠지. 시간아, 얼른 좀 지나가라. 수시로 시계를 확인했다. 하도 시간이 지나가지 않아서. 시계를 본다고 시간이 빨리 가지도 않았다.

낮잠이라도 자면 좋을 텐데 잠도 안 온다. 이런 게 심심하다는 걸까? 아무것도 할 일이 없고 지루해 죽겠는 거?

벽에 걸린 전자시계의 분이 바뀌는 걸 지켜보고 있는데 현관문이 열렸다. 배드민턴을 치러 갔던 엄마와 아빠가 돌아왔다. 엄마와 아빠는 배드민턴을 좋아하는데 이 동네에 배드민턴을 칠 수 있는 곳이 많다며 신이 났다.

엄마가 소파에 누워 있는 나를 보며 물었다.

"집에 있었어?"

"어."

아빠는 배가 고프다며 냉동실에서 만두를 꺼내 찜기에 찌기 시작했다. 곧 만두의 육즙 냄새가 풍겼고 엄마 아빠가 식기를 달그락거리며 대화하는 소리가 들렸다. 아무래도 잠이나 자야겠다 싶어서 몸을 일으켜 방으로 들어왔다.

막 잠들려는데 아빠가 방문을 열었다.

"하민아. 아빠랑 같이 마트 다녀오자."

"싫어. 엄마랑 가."

"엄마는 좀 쉬겠대. 아빠 혼자 가면 심심하니까 같이 가자."

아빠는 어느새 가까이 다가와 나를 내려다보며 서 있었다. 나는 "귀찮은데."라고 말하면서 일어났다.

"두꺼운 점퍼 입어. 밖에 춥네."

아빠가 말했다. 3월 중순이지만 아직 날씨가 쌀쌀했다. 엊그제는 눈까지 내렸다. 도대체 봄은 언제 오려는지 모르겠다. 나는 얇은 점퍼 대신 두툼한 옷으로 골랐다.

주말이라 마트에는 사람이 꽤 많았다. 입구에 있는 빈 카트를 하나 꺼냈다. 과일, 야채 코너에 멈춰 서서 아빠가 과일

을 고르는 걸 기다렸다. 한 손으로 카트 손잡이를 잡고 서 있
는데 다른 카트가 빠르게 굴러와서 내 카트와 부딪혔다. 나
는 얼른 양손으로 카트를 잡았다. 굴러온 카트를 잡고 있는
사람은 일고여덟 살 정도 되어 보이는 어린아이였다. 혼자
카트를 밀다가 그런 것 같았다.

사과 봉지를 든 아빠가 어린아이에게 다가가 물었다.

"아이구, 괜찮아요? 안 놀랐어요?"

아이는 대답하지 않았다. 잠시 후 아이 아빠로 보이는 아
저씨가 뛰어와 우리에게 죄송하다고 말하며 아이 손을 잡았
다. 아빠는 아저씨에게 괜찮다고 말한 뒤, 고개를 숙여 아이
와 눈을 마주치며 "잘 가요." 인사했다.

아빠는 아장아장 걷는 어린이들에게도 존댓말을 쓴다. 다
른 어른들도 다 그러는 줄 알았는데 아니었다. 대부분의 어
른들은 처음 만난 어린이들에게 반말을 쓴다.

"너, 몇 살이니?"

"너 어느 어린이집 다녀?"

하지만 아빠는 그러지 않는다. 아빠에게 왜 어린이에게
존댓말을 쓰느냐고 물으니 오히려 그게 당연한 게 아니냐고
했다. 처음 본 사람끼리는 존댓말을 쓰는 게 맞다고, 어린이
라고 다르게 대하면 안 된다고. 하긴 어른들은 처음 본 어른

에게는 반말을 하지 않는다. 같은 어른끼리는 예의를 잘 지킨다. 왜 어른은 어린이에게 반말을 하고 어린이는 그러면 안 되는 걸까? 어린이가 처음 만난 어른에게 반말을 쓰면 버릇이 없다느니 할 게 분명하다. 왜 어린이만 만만하게 보는지 모르겠다.

세상에 아빠 같은 어른이 많아지면 좋겠다.

아빠는 내가 생각해도 좀 멋지다. 초등학생 때 반 아이들이 수학 선행 학습을 하기 시작했다. 나는 공부는 하고 싶지 않았지만 친구들이 하는 걸 보고 조바심이 났다. 나도 해야 하는 게 아닐까? 이러다가 나만 늦어지는 게 아닐까? 걱정이 되었다. 그래서 아빠한테 우리 반에 중학교 수학을 하는 아이들이 있다고 말했다. 아빠는 대뜸 그 친구가 어제 저녁 반찬은 무얼 먹었느냐고 내게 물었다. 나는 모른다고, 그게 뭐가 중요하느냐고 대답했다. 아빠는 수학 선행 학습도 저녁 반찬과 같은 거라고 했다. 친구가 저녁 반찬 뭐 먹었는지 나와 상관없는 것처럼, 친구가 중학생 수준 공부를 하든 더 낮은 학년 것을 배우든 신경 쓸 필요 없다고. 다만 누가 형편이 어려워 굶고 있다면, 다행히 내가 반찬을 나눠 줄 수 있는 상황이라면 그때나 신경 쓰라고 했다.

우유와 요거트를 고른 후 과자 코너로 갔다. 맞은편에서 카트를 밀고 걸어오는 아이가 보였다. 주은빈이었다. 주은빈은 고개를 돌려 옆에 있는 자기 엄마와 대화를 하며 나를 스쳐 지나갔다. 나는 주은빈이 가 버린 곳을 쳐다봤다. 분명 나를 봤을 텐데. 주은빈의 동공이 커지는 것을 봤다. 하지만 나도 주은빈에게 알은척을 하지 않았고 주은빈도 마찬가지였다.

"왜? 아는 친구야?"

"아, 같은 반."

아빠는 여자아이라서 알은척을 하지 않은 거냐고 물었다. 나는 그렇다고 얼버무렸다.

"하긴. 한창 그럴 때지."

나는 대답하는 대신 과자를 카트에 담기 시작했다.

주은빈은 우리 반 여자 회장으로 여자아이들 사이에서도 인기가 많고 남자아이들과도 스스럼없이 잘 어울렸다. 우리 반 남자아이들이 박윤수를 가장 좋아한다면 여자아이들은 주은빈을 가장 좋아했다. 여자들만 주은빈을 좋아하는 건 아니다. 우리 반뿐 아니라 옆 반에도 주은빈을 좋아하는 남자아이들이 여럿 있는 것 같다. 누가 나에게 이야기해 준 건 아니다. 반 아이들의 행동과 대화를 종합해 보면 알 수 있다. 교실에 있으면 다 보이고 다 들린다. 나는 주로 혼자 있기에 그게 더 잘 되었다.

"근데 키가 엄청 크다. 하랑이보다 더 크겠는데?"

"아마 그럴 거야."

주은빈은 우리 반 여자 중에서 키가 가장 컸다. 정확히는 모르지만 170센티미터 가까이 되는 것 같다. 주은빈네 엄마도 주은빈처럼 키가 컸다.

"다시 보면 인사해."

"봐서."

마트를 돌아다니다 주은빈을 한 번 더 마주쳤다. 내가 살짝 손을 들어 인사하려고 했는데 주은빈이 홱 지나가 버렸다. 설마 나를 모르는 건가? 교실에서 주은빈과 대화한 적이 없긴 하다. 아니다. 있다. 국어 수행 평가지를 회장인 주은빈이 걷어서 "여기." 하고 내가 낸 적이 있다. 그건 대화라고 할 수 없나?

나는 아직 친구를 사귀지 못했다. 회장 선거 이후로 쥐 죽은 듯 조용히 지내고 있다. 다들 내가 있는지 없는지도 모르는 것 같다.

계산을 마친 물품을 장바구니에 차곡차곡 담았다. 아빠가 카트를 밀겠다고 해서 나는 홀가분하게 앞장섰다. 그런데 주차장으로 이어지는 자동문이 열리지 않아 하마터면 부딪

칠 뻔했다. 한 발 뒤로 물러섰다가 다시 자동문 앞에 섰지만 문이 열리지 않았다. 뭐지? 고장이 난 건가?

내 뒤에 있던 아저씨가 다가가자 문이 제대로 열렸다. 고장이 아니었다. 아저씨가 밖으로 나가고, 안쪽에 그대로 서 있던 나는 다시 문에 다가섰다. 이번에도 열리지 않는다. 뭐야? 문마저 나를 못 알아보는 건가. 나 여기 있다고! 나는 자동문을 노려보았다.

아빠가 카트를 밀며 내 쪽으로 걸어왔다.

"뭐 해? 안 나가고?"

"아빠, 혹시 나 안 보여? 나 투명 인간이야?"

"아니. 잘 보이지. 하여튼 우리 아들 농담도 잘해."

아빠는 내가 장난을 치는 줄 아나 보다. 나는 장난이 아닌데. 조금도 웃기지도 재밌지도 않은데.

아빠가 나를 지나쳐 자동문으로 향했는데 이번에도 문이 열리지 않았다. 아빠는 카트를 그 자리에 둔 채 오른손을 들어 자동문 위쪽 센서를 향해 흔들었다. 그랬더니 문이 열렸다. 아빠가 먼저 나가고 나도 뒤를 따라 걸었다.

나는 아빠의 뒷모습을 가만히 바라봤다. 아빠의 키가 저렇게까지 작았나? 아빠는 말라서 더 작아 보였다. 새삼스럽지만 아빠가 작긴 했다.

2부
비상을 꿈꾸며

4。나야, 도하민

4월이 되자 날이 제법 따뜻해졌다. 3월까지 기온이 낮아 내내 교복 위에 패딩 점퍼를 입고 다녔는데 이제는 입지 않아도 되었다. 교실 문을 열기 전 심호흡을 한 번 했다. 한 달이 넘었으니 교실은 익숙한 공간이 되었다. 하지만 익숙하다고 편한 곳은 아니다.

언제까지 회장 선거를 떠올리며 고개 숙이고 지낼 수는 없었다. 대부분의 아이들은 그걸 잊었을 거다. 아빠가 그랬다. 남들은 자기 생각만 하기에도 바빠서, 생각보다 나에게 관심이 없다고 말이다. 단체 사진을 찍으면 다들 자기가 잘 나왔나 찾아볼 뿐 남의 얼굴까지 확인하지는 않는다나. 회장 선거 때 망신을 당한 건 나고 다른 아이들은 잊었을 거다. 그리고 좀 기억하면 어떠랴? 내가 잘못을 한 것도 아닌걸. 기죽지 말자, 도하민. 쫄지 말자, 도하민.

겨우 한 달 지났을 뿐이고 1학년은 아직 9개월이나 더 남았다.

자리에 앉은 후 책상걸이에 가방을 걸었다. 내 주변을 둘러봤다. 아침의 교실은 가볍다. 아이들 발소리도 가볍고 목소리도 높다. 조회 시간이 되려면 10분쯤 남았다. 더 많이 움츠린 개구리가 더 멀리 뛸 수 있다고 했던가. 오늘부터 뛰면 된다. 우선 옆에 앉은 선우진에게 말을 걸었다. 우진은 주로 엎드려 있거나 기차 책을 보는데 오늘은 아무것도 하지 않고 가만히 있었다. 마치 내가 말을 걸어 주길 기다리는 것 같았다.

"우진아."

우진은 대답이 없었다. 못 들었나? 다시 한번 "선우진." 하고 부르니 고개를 돌려 나를 봤다. 무슨 용건이냐는 표정이다. 용건은 없는데. 그냥 부른 건데. 뭐라도 물어야 할 것 같았다.

"너 매일 보는 책. 그거 재밌냐고."

“아.”

우진은 생각났다는 듯 서랍에서 기차 책을 꺼냈다. 저 책을 아예 학교에 두고 다니나 보다. 하긴 두꺼운 책이라 들고 다니는 게 더 힘들 거다.

“이거?”

우진이 책 표지를 내가 볼 수 있게 들었다.

“그 책 재밌어?”

“어.”

“기차 좋아하나 봐.”

“응.”

“나는 자동차 좋아하는데. 너 자동차는 안 좋아해?”

“어.”

“그렇구나.”

더 이상 할 말이 없었다. 우진은 기차 책을 보기 시작했고 머쓱해진 나는 가방에서 필통을 꺼냈다. 그래도 우진과 이렇게 오래 이야기한 건 처음이다. 원래 처음이 어려운 거다. 앞으로 우진 말고 다른 아이들과도 충분히 대화하며 어울릴 수 있겠지. 나도 모르게 콧노래가 나올 뻔해 정신을 차리고 마음속으로 노래를 불렀다.

오늘 체육 시간에는 드디어 축구를 한다. 태양이 나를 비추려고 작정을 했나 보다. 이제껏 점심시간마다 반 남자아이들이 농구를 하러 나갔는데, 나는 농구를 잘하지 못해 낄 수가 없었다. 하지만 축구라면 이야기가 다르다. 초등학교 때 나는 도하민이 아니라 손하민이라고 불리기도 했다. 그걸 듣고 다른 학년 아이들 사이에 내 친척이 손흥민 선수라는 잘못된 소문이 잠깐 돌기도 했다. 다른 건 몰라도 축구는 확실히 자신 있다.

체육 선생님의 호루라기 소리가 들려 운동장 가운데로 달려갔다. 선생님 옆에 있는 통에 빨간색 조끼와 파란색 조끼가 있었다. 선생님은 홀수 번호는 빨간색을, 짝수 번호는 파란색을 입으라고 했다. 나는 홀수라 빨간색을 찾아 입었다. 몸이 아프거나 컨디션이 좋지 않은 아이들을 제외하니 24명이었고 12명씩 나누어 경기를 하기로 했다. 우진은 다리가 아프다며 뛰지 않겠다고 했다.

"오늘 경기하는 거 보고 선수 선발할 거다. 다들 최선을 다해서 뛰도록 해."

5월 운동회 때 반 대항 축구 경기가 있다. 축구는 우리 학교 운동회의 가장 핵심 종목이라고 들었다. 작년에는 1학년이 3학년을 꺾고 우승했다며, 체육 선생님은 우리도 할 수 있다고 격려했다.

경기 전에 팔과 다리의 관절을 돌리며 몸을 풀었다. 목도 이리저리 움직였다. 후훗, 오늘은 나의 독무대가 될 거다. 축구가 뭔지 오늘 제대로 보여 줄 테다.

남자 회장인 파란 조끼 박윤수와 여자 회장인 빨간 조끼 주은빈이 가위바위보를 했고 박윤수가 이겼다. 짝수 팀이 먼저 공격을 시작했다.

짝수 팀과 홀수 팀의 실력은 비등비등했다. 우리 팀 아이들은 나에게 패스를 잘 해 주지 않았다. 그렇다면 스스로 기회를 만들어야 한다. 초반은 몸풀기 시간일 뿐이다. 경기 초반부터 골을 넣을 수는 없는 법, 서서히 내 실력을 보여 줘야겠다.

짝수 팀이 공을 몰고 갈 때 접근해서 공을 뺏으려고 했지만 쉽지 않았다. 공을 가진 박윤수가 어깨로 내 가슴을 팍 쳤지만 반칙은 아니었다. 가슴 정중앙을 맞아, 순간 숨이 쉬어지지 않았지만 이내 호흡을 되찾았다.

그다음에 공을 차지한 우리 팀 지세영 주변으로 상대 팀 아이들이 몰려갔다. 지세영은 공을 패스할 상대를 찾았다. 나는 손을 들어 흔들었다. 내 주위에는 아무도 없었다. 지세영이 내 쪽으로 길게 공을 찼고, 나는 완벽하게 공을 받았다.

드디어 나에게 기회가 왔다. 공을 몰고 상대 팀의 골대를 향해 달려갔다. 골키퍼 앞에 상대 팀 선수가 한 명 더 있다. 오프사이드 상황도 아니겠다, 이대로 공을 차서 골대 안에 넣으면 된다.

그런데 순식간에 다가온 박윤수가 내 공을 채 갔다. 어? 이대로 뺏기면 안 되는데……! 우리 팀 다른 선수들이 막으려고 했지만 박윤수는 유유히 이선빈에게 공을 넘겼고, 이선빈에게서 김주현으로, 김주현에서 다시 박윤수에게로 공이 갔다.

골대 앞까지 다다른 박윤수가 오른발로 공을 세게 찼고 골키퍼는 막지 못했다. 짝수 팀 아이들이 환호성을 질렀다. 하필 내가 뺏긴 공을 박윤수가 골인시키다니.

"괜찮아. 아직 시간 남았어!"

내가 하고 싶은 말을 주은빈이 했다. 주은빈은 손뼉을 치며 우리 팀을 독려했다. 아직 1:0이다. 다시 우리 팀의 공격이 시작되었다.

홀수 팀과 짝수 팀은 서로 공을 뺏고 뺏기며 경기를 계속했다. 그러다가 우리 팀 이연수가 골을 넣어 1:1이 되었다.

내가 활약할 기회는 생기지 않았다. 상대 팀뿐만 아니라 우리 팀 아이들에게까지 밀렸다. 애들은 왜 이렇게 축구를 잘하는 걸까? 점심시간에 축구를 안 해서 안 좋아하는 줄 알았는데 그게 아니었나 보다. 다른 학년들이 축구장을 차지하고 있어서 농구를 했을 뿐이었다. 난 마치 국가대표 팀에 낀 조기 축구 선수가 된 기분이 들었다.

우리 팀의 공격 차례가 되었다. 공을 잡고 있는 팀원들에게 내가 있다는 것을 알리기 위해 계속 팔을 흔들었다. 드디어 나에게 공이 날아왔고 보기 좋게 공을 받았다.

공을 차며 전력 질주하는데 갑자기 오른발이 꼬이며 두 다리와 두 팔이 전부 공중으로 붕 떴다. 안 된다, 안 돼! 영상 속 슬로 모션처럼 내 몸의 움직임이 전부 다 느껴졌다. 왼쪽 발목이 먼저 바닥에 닿으면서 꺾였고 그 상태로 나는 바닥으로 주욱 미끄러졌다.

체육 선생님이 호루라기를 불어 경기를 멈추게 했다. 선생님이 나에게 달려와 괜찮냐고 물었다. 나는 몸을 일으키며 고개를 끄덕였다. 여기서 경기를 중단하면 안 된다. 나는 발목이 아픈 것을 꾹 참고 다시 뛰기 시작했다. 하지만 아까처럼 전력을 다해 달릴 수는 없었다. 그나마 다행인 건 나한테 공이 거의 오지 않았다는 점이다. 경기를 주도하는 건 서너 명이었는데 그중에 나는 없었다. 내가 이대로 경기에서 빠져도 상관없을 정도였다.

몇 분 뒤 박윤수가 한 골을 더 넣었다. 결국 우리 팀이 2:1로 졌다. 짝수 팀은 몹시 신이 났다. 박윤수는 축구를 아주 잘했다. 그래서 남자아이들에게 인기가 좋은 걸까? 반 아이들이 대화하는 걸 들으니 박윤수는 공부도 잘하는 것 같았다.

경기가 끝난 후 조끼를 벗어 통에 넣었다. 기분이 별로 좋지 않았다. 단순히 경기에 져서 그런 게 아니다. 반 아이들을 깜짝 놀라게 만들고 싶었는데 나만 깜짝 놀랐다. 내 축구 실력은 그저 그랬다.

발목이 아파 손잡이를 잡은 채 절뚝거리며 계단을 올라가다가, 내려오던 주은빈과 마주쳤다.

"도하민, 너 괜찮아? 보건실 안 가도 돼?"

"어, 괜찮아."

주은빈은 그대로 가던 길을 갔다. 나는 고개를 살짝 돌려 주은빈을 바라봤다. 주은빈이 내 이름을 알고 있었다.

아침에 일어나니 왼쪽 발목이 퉁퉁 부어 있었다. 어제 오후부터 좀 괜찮아져서 약도 바르지 않고 그냥 있었는데 지금 보니 발목이 부었을 뿐만 아니라 아팠다. 나는 방 안에서 큰 소리로 엄마와 아빠를 불렀다. 하지만 아무 대답이 없었다. 아, 엄마는 이미 출근했으려나.

아빠에게 전화를 걸었다. 아빠는 전화를 받는 대신 내 방문을 열고 들어왔다.

"왜 전화했어?"

"아빠, 나 발."

아빠가 침대 쪽으로 걸어와 내 왼발을 살폈다. 오른발과 비교해서 차이가 많이 났다.

"부었네. 여기 왜 그래?"

"어제 축구하다 넘어졌어."

"일어날 수 있겠어?"

나는 침대를 짚고 일어나려다 주저앉았다. 발목이 아팠다.

"아이구, 안 되겠다. 병원 먼저 가야겠다."

아빠는 학교에 전화를 걸어 알리겠다고 했다.

진료 시작 시간인 9시에 맞춰서 갔는데도 병원에는 기다리는 사람들이 많았다. 아빠가 접수를 하고 내 옆으로 와서 앉았다.

"많이 아파?"

"어. 욱신거려."

"괜찮을 거야."

30분쯤 기다렸다가 아빠의 부축을 받고 진료실로 들어갔다. 의사 선생님은 내 발목을 손으로 살짝 눌러 보더니 인대를 다친 것 같다며 엑스레이를 찍어 확인하는 게 좋겠다고 했다.

검사 결과 다행히 뼈에는 이상이 없고 인대가 살짝 삐었다. 주사 치료랑 물리 치료를 받으면 며칠 내로 나아질 거라고 했다.

전기 치료와 온열 찜질까지 하고 나니 12시가 다 되었다. 지금 학교에 가도 5, 6교시를 하면 끝이다. 오늘 5, 6교시가 뭐였더라.

"하민아, 오늘 학교 하루 쉴래?"

"그래도 돼?"

"그럼. 오늘은 학원도 쉬어."

나는 속으로 아싸 하고 외쳤다. 다쳐서 좋은 것도 있었다.

아빠가 밖에서 점심을 먹자고 해서 1층에 있는 돈가스 가게로 왔다. 식당은 만석이었지만 금방 자리가 생겼다. 자리에 앉아 돈까스 2인분을 주문했다.

"학교는 어때? 다닐 만해?"

아빠가 내 앞에 있는 컵에 물을 따라 주며 물었다.

"그냥 그렇지 뭐."

"초등학교랑 많이 다르지?"

"그럼. 과목도 많고 애들도 많고 학원도 많고."

중학생이 되고 나니 다 많아지고 다 늘어났다. 딱 하나, 친구만 빼고. 며칠 전에 엄마, 아빠가 친한 친구가 누구냐고 물어봐 그냥 두루두루 논다고 거짓말을 했다. 차마 아직도 친구를 사귀지 못했다는 말을 할 수가 없었다.

"아빠는 중학교 때 어땠어? 재밌었어?"

"글쎄."

아빠는 고개를 갸우뚱한 채 잠깐 생각에 잠겼다.

"기억이 잘 안 나. 재밌을 때도 있고 아닐 때도 있고. 뭐 그렇지 않았을까?"

나에게 물어보면 어쩌란 건가. 나는 대강 고개를 끄덕였다. 곧 돈까스가 나왔고 아빠와 나는 먹는 데 집중했다.

아빠는 오후에 미팅이 있다며 나 혼자 집에 있을 수 있느냐고 물었다. 당연히, 당연히 가능하다. 아예 집에 혼자 가겠다고 했다. 약을 먹고 치료를 받았더니 아침보다 훨씬 나아졌다.

평일 낮에 혼자 집에 있으니 기분이 조금 이상했다. 지금쯤 5교시가 시작되었겠지? 반 아이들은 오늘 내가 결석한 것을 알고 있으려나? 나 한 명쯤 없어도 모를까? 나도 간혹 결석하는 아이가 있어도 모르고 지나갈 때가 많다.

휴대폰을 확인했지만 연락 온 곳은 없었다. 내 번호를 아는 아이들이 없으니 당연하다. 그래도 한 명쯤은 내가 결석한 것을 알아 주면 좋겠다.

5. 이게 아닌데

교실 문을 열고 들어가니 여자아이들이 모여 있었다. 무슨 일인지 얼핏 보니 그 가운데 주은빈이 앉아 있었다. 주은빈 책상 위에 멜론우유가 있었다. 저희들끼리 대화하는 걸 들으니 요 며칠째 아침마다 주은빈 책상 위에 멜론우유가 놓여 있었다고 한다. 그것도 주은빈이 가장 좋아하는 멜론우유라나. 나도 저 우유를 좋아하는데 주은빈도 그런가 보다. 아무튼 아이들은 그 우유를 누가 가져다 두었는지 몹시 궁금해하고 있었다.

주은빈은 멜론우유에 빨대를 꽂아 마시기 시작했다. 그걸 보니 멜론 맛이 상상되면서 군침이 돌았다. 나도 멜론우유가 먹고 싶어졌다. 그 생각에 홀린 듯 바라보다 우유를 마시는 주은빈과 눈이 마주쳤다. 나는 얼른 고개를 돌렸다. 남이 먹는 걸 쳐다보다니. 조금 부끄러웠다. 이따가 학원 끝나는 길에 사 먹어야겠다.

“이거 C 편의점에만 팔잖아. 거기까지 가서 매일 사 오나 봐. 도대체 누구야?”

“은빈이가 이거 좋아하는 거 아니까 사 오는 거겠지?”

“당연하지. 아, 누구지?”

주은빈 자리가 내 자리와 가까워서 아이들이 하는 말이 다 들렸다. 주은빈은 멜론우유를 마시며 가만히 듣고만 있었다.

“박윤수 아냐? 나 박윤수가 멜론우유 사는 거 봤어.”

박윤수가 주은빈을 좋아하는 건가? 나도 모르게 아이들 쪽으로 시선이 갔다. 박윤수는 여자아이들 사이에서도 인기가 많다. 하긴 내가 여자라도 박윤수를 좋아할 거 같긴 하다. 박윤수는 회장에 축구도 잘하고 공부도 잘하고 얼굴까지 잘생겼으니까. 박윤수와 주은빈은 둘 다 인기가 많으니 잘 어울리는 것 같기도 하다.

“진짜? 그럼 박윤수인가 봐. 대박.”

주은빈은 모르겠다고 대답했지만 입은 웃고 있었다.

4교시는 도덕 시간이다. 도덕 선생님은 반 아이들이 아무리 장난을 치고 떠들어도 화를 내지 않는다. 하지만 누군가 욕을 하면 엄하게 혼을 낸다. 선생님은 욕이 담배 연기와 비슷하다고 했다. 담배를 피우는 사람한텐 담배 연기가 괜찮을지 몰라도 담배를 안 피우는 사람은 담배 연기가 불쾌하다고 했다. 욕도 마찬가지로 듣는 사람은 기분이 좋지 않다며 욕을 정 하고 싶으면 혼자 있을 때 하라고 했다. 그때 박윤수가 농담으로 "그럼 혼자 있을 때 저희도 담배 피워도 돼요?"라고 물어서 반 아이들이 다 웃었다. 선생님도 우리와 같이 웃으며 "그건 안 되지. 법적으로 미성년자는 흡연하면 안 되거든. 사실 나도 흡연자였는데 아이가 태어나고 끊었어." 하고 말해 주었다. 선생님은 우리 아빠보다 나이가 훨씬 많은데 딸이 일곱 살이라고 했다. 늦게 결혼해 아이가 어리다며 수업 시간에 종종 딸 이야기를 해 준다. 얼굴은 모르지만 선생님 딸 소은을 우리는 다 알고 있다. 나는 어른을 두 종류로 구분한다. 괜찮은 어른과 별로인 어른. 도덕 선생님은 괜찮은 어른이었다.

오늘 수업 중간에 선생님은 다음 주가 어린이날인데, 중학교 1학년도 어린이날 선물을 받느냐고 물었다. 글쎄, 엄마 아빠가 줄지는 모르겠다. 솔직히 어린이로 보이고 싶지는 않지만 어린이날 선물은 받고 싶었다. 하지만 그렇게 말하는 대신 나는 다른 말을 했다.

"에이, 이제 어린이날 선물은 졸업했죠. 어린이날 선물은 소은이가 받아야죠. 소은이 자전거 사 주세요."

선생님이 어떤 자전거가 좋을지 물을 거라고 기대했다. 그런데 선생님의 표정이 일그러지기 시작했다. 어? 왜 그러시지? 화가 났다기보다 꼭 울 것 같은 얼굴이었다. 이건 내가 예상한 전개가 아니었다.

"내가 너무 딴말을 많이 했구나. 53페이지 볼까?"

선생님은 칠판 쪽으로 몸을 돌려 교과서에 나온 것을 적기 시작했다. 선생님은 판서를 잘 하지 않고 주로 우리랑 대화하며 수업하는데. 분위기가 이상했다. 고개를 돌려 반 아이들을 보니 다들 인상을 쓰고 있었다. 왜 그러지? 내가 뭘 잘못했나?

4교시가 끝나는 종이 울렸다. 선생님이 조용히 책을 들고 교실에서 나갔다. 평소였다면 점심을 맛있게 먹으라고 하셨을 텐데 오늘은 그러지 않았다.

"아, 뭐냐. 도하민?"

"아, 눈치 엄청 없어."

"진짜 좀 너무하네."

반 아이들도 곧바로 밥을 먹으러 가지 않고 나에게 한마디씩 했다. 이게 무슨 상황이지? 영문을 모른 채 아이들이 교실에서 나가는 걸 지켜봤다. 나는 자리에서 일어나는 우진을 붙잡았다.

"쟤들 나한테 왜 저러는 거야?"

"왜긴. 소은이 자전거 타다가 교통사고 나서 병원 입원했잖아."

"언제?"

"2주? 아니 3주 전인가? 선생님이 우리 반 수업하다가 급하게 가셨잖아."

나는 전혀 모르는 일이었다. 혹시 내가 결석한 날이었나? 우진은 그랬던 것도 같다고 했다. 정확하게 기억하지는 못했다.

교실에 나 혼자 남았다. 소은이 병원에 있는 것을 알았다면 나는 절대 소은이 이야기를 꺼내지 않았을 거다. 자전거 타다가 교통사고 나서 입원한 아이한테 자전거를 사 주라고 하다니. 난 몰랐다. 하지만 아이들은 내가 몰랐다는 것을 모른다. 나는 너무 억울했다.

급식실에 가지 않았다. 아무것도 먹고 싶지 않았고 먹어 봐야 소화가 안 될 것 같았다. 5, 6교시를 하는 내내 속이 답답했다. 아이들은 4교시에 있던 일에 관한 이야기를 꺼내지 않았다. 우진이 다른 아이들에게 내 사정을 대신 말해 주길 바랄 수도 없었다. 우진도 다른 아이들과 거의 대화를 하지 않았으니까. 모두가 자리에 있을 때, 그날 난 결석했었다고 말할까? 아니다. 내가 정말로 사과해야 할 사람은 따로 있었다.

수업이 모두 끝난 후 가방을 챙겨 들고 교무실로 갔다. 도덕 선생님은 자리에 앉아 있었다. 선생님에게 가서 고개를 꾸벅 숙여 인사를 했다. 선생님 책상 위에는 소은과 함께 찍은 가족사진 액자가 있었다.

예전에 있었던 일이 떠올랐다. 하랑이 딱 저만 했을 때였다. 내가 여덟 살, 하랑이 일곱 살 때였다. 둘이 킥보드를 타고 놀고 있었는데 하랑이 따라오지 않았다. 왜 안 오나 싶어 왔던 길을 돌아가 보니 길가에 사람들이 모여 있었다. 거기에 하랑이 누워 있고 엄마가 119를 불러 달라며 소리를 지르고 있었다. 지나가던 자동차가 하랑을 미처 보지 못해 사고가 난 거였다. 다행히 크게 다치지 않았지만, 하랑이 병원에 있는 내내 얼마나 미안했는지 모른다. 모두 내 탓 같았다. 내가 하랑에게 같이 킥보드를 타러 가자고 했기 때문이다. 그

날 이후 하랑은 킥보드를 탔지만 나는 지금도 킥보드는 타
지 않는다.

"왜? 무슨 일이야?"

선생님은 여느 때처럼 다정한 얼굴로 돌아와 있었다.

"선생님. 아까 제가 말실수했어요. 제가 결석을 해서 소은
이 일, 몰랐어요. 정말 죄송해요."

"아이구. 그게 그렇게 신경 쓰였어? 선생님이 미안해. 선
생님이 표정 관리를 못 했다. 그치?"

선생님은 신경 쓰지 말라며 나를 다독여 주었다.

"소은이는 괜찮아요?"

"응. 이제 곧 퇴원할 거야."

선생님은 이따가 병원에 가면 멋진 오빠가 소은이 걱정을
해 줬다고 전해 주겠다고 했다. 선생님은 서랍을 열어 미니
젤리 두 봉지를 꺼내 주었다.

교무실에서 나가다 주은빈과 마주쳤다. 담임 선생님 심부
름을 하러 온 것 같았다. 우리는 함께 복도를 걸었다. 도덕
선생님과 담임 선생님의 자리가 가까워서 주은빈은 나와 도
덕 선생님이 하는 이야기를 들었다고 했다.

"너 그날 결석했구나. 어쩐지."

주은빈의 말에 나는 "어." 하고 짧게 대구했다.

"이거, 선생님이 두 개 주셨어."

들고 있던 젤리 중 하나를 주은빈에게 주었다. 주은빈은 고맙다며 젤리를 받았다. 주은빈은 교실에 가방을 가지러 간다고 했고 나는 1층 중앙 현관에서 주은빈과 헤어졌다.

운동회가 일주일 앞으로 다가왔다. 학교 전체가 축구 대회 준비로 떠들썩했다. 나는 우리 반 선수로 뽑히지 못했다. 지난 체육 시간에 별다른 활약을 하지 못한 탓이었다. 그래도 우리 반은 8강까지 진출했다. 운동회 날은 4강과 결승 경기만 하기에 체육 시간에 미리 예선을 치르고 있다. 비록 나는 선수로 나가지 않지만 우리 반이 경기에서 이기니 덩달아 신이 났다. 응원석에 있는 것도 나쁘지 않았다.

점심시간에 축구공을 들고 나갔던 반 아이들은 3학년들이 축구장을 차지해 연습을 못 한다며 번번이 허탕을 치고 돌아왔다. 오늘도 체육복을 입은 박윤수와 주은빈이 그대로 아이들을 데리고 교실로 들어왔다.

"아, 진짜 우리는 연습 언제 해?"

"맨날 3학년만 쓰고 너무해."

아이들이 불만을 토로했다. 그렇다고 방과 후에 연습하는 것도 쉽지 않다. 학교 끝나자마자 곧바로 학원에 가는 아이들이 많기 때문이다. 그건 다른 반도 사정이 비슷했다. 대신 다른 반은 담임 선생님의 수업 시간이나 창체 시간에 운동장에 나가 축구 연습을 한다고 했다.

"우리도 선생님한테 말해 보자. 5반 보니까 오전에 나가서 연습하더라."

이연수가 축구공을 양발로 왔다 갔다 차며 말했다. 5반은 우리 반의 8강 상대다.

5교시 시작 종이 울리며 담임 선생님이 들어왔다. 5교시는 담임 선생님 담당인 영어 시간이다.

"왜 다들 체육복을 입고 있어?"

선생님은 우리를 죽 둘러보며 물었고 박윤수가 축구 대회 때문이라고 대답했다.

"아, 그렇구나."

선생님이 교과서를 펴라고 했다. 다들 교과서를 펴지 않고 선생님 눈치를 살폈다. 밍기적거리는 아이들에게 선생님이 말했다.

"뭐 해? 왜 책 안 펴?"

누군가 작은 목소리로 "에이, 다 아시면서." 하고 말했다.

"뭘? 내가 뭘 아는데?"

선생님은 알면서도 모르는 척하는 것 같았다. 하지만 누구도 선생님에게 대놓고 말하지 못했다. 담임 선생님은 조금 깐깐한 편이다. 아이들은 서로 눈치만 보았다. 나는 아이들의 표정을 살폈다. 다들 축구 연습을 하고 싶은 듯했다. 어쩌면 지금이 지난번 도덕 시간의 실수를 만회할 기회인지도 모른다. 난 손을 번쩍 들고 큰 소리로 말했다.

"선생님! 우리도 축구 연습하러 나가요!"

"지금? 영어 시간인데?"

"5반은 수학 시간에 축구했대요."

나는 아까 아이들에게 들은 정보를 선생님에게 전달했다. 5반 담임 선생님 과목은 수학이다. 5반이 했다면 우리 반도 못 할 게 없었다. 선생님의 표정이 굳었다.

"그러면 안 되지."

"그쵸. 그러면 안 되죠. 그러니까 우리도 얼른 축구해요. 내일 5반이랑 시합한단 말이에요."

나는 반 아이들의 마음을 하나하나 모아 강하게 말했다. 교실에서 이렇게 크게 목소리를 낸 건 처음이었다. 회장 선거 때도 이 크기로 말하지 않았다.

"다들 지금 나가서 축구 연습을 해야 한다고 생각해요?"

몇몇 아이들이 "네."라고 대답했다. 선생님의 입이 한일자가 되었다. 저건 화났다는 신호다. 선생님은 화를 내기 전에 꼭 입을 저 모양으로 만들었다.

"여러분이 축구 선수예요? 축구 대회가 수업보다 우선이에요? 어떻게 영어 시간에 체육을 하자고 말할 수가 있는 거죠?"

선생님이 정색하며 우리를 나무랐다. 반 전체가 조용해졌다. 아이들의 숨소리조차 들리지 않았다. 아, 괜히 말을 꺼냈나 보다. 선생님이 안 된다고 할 줄도 몰랐고, 이렇게까지 화를 낼 줄은 더더욱 몰랐다.

선생님의 훈계는 계속 이어졌다.

"정신 차려요. 때를 가려서 행동하길 바랍니다."

거기까지라면 좋았을 거다. 하지만 선생님은 한마디를 더 내뱉었다.

"우리 반은 축구 대회 나가지 않습니다. 기권이에요. 그럼 수업 시작하죠."

선생님은 조금의 틈도 없이 선언했고 누구도 선생님의 말에 토를 달지 못했다. 하지만 아이들이 속으로 얼마나 화를 낼지 듣지 않아도 보지 않아도 알 수 있었다. 나는 최대한 고개를 푹 숙였다. 할 수만 있다면 하늘로 솟아 버리고 싶었고 땅으로 꺼져 버리고 싶었다.

하지만 둘 다 할 수가 없었다.

⑥。오해의 연속

선생님은 한번 내뱉은 말을 반드시 지키는 사람이었다. 그랬다. 선생님은 그런 사람이었다. 선생님이 이토록 대쪽 같은 사람인 줄 몰랐다. 어쩌면 전생에 대나무였는지도 모른다. 반 아이들이 선생님을 찾아가 제발 경기에 나가게 해 달라고 사정했지만 선생님은 절대 안 된다고 했다. 나도 따로 찾아가 애원했지만 소용없었다.

우리 반은 축구 대회 8강에서 기권했고 그 덕분에 8강에서 우리와 경기를 치를 예정이었던 5반이 4강에 진출했다. 그나마 5반이 4강에서 2학년에게 진 게 다행이라면 다행이랄까. 만약 5반이 우승까지 했다면 으, 생각만 해도 끔찍하다. 이보다 더 나쁜 상황은 생각도 하기 싫다. 이미 지금도 충분히 나쁘니까.

교실에 있는 게 무척 곤혹스러웠다. 내가 지나가면 반 아이들은 들으라는 듯 짜증 난다고 말했다. 일부러 나를 툭툭 치고 가는 아이들도 있었다. 대놓고 욕을 하지 않는 아이들도 나를 원망스러운 눈으로 바라보는 건 매한가지였다. 아이들의 시선을 견딜 수 없어 하도 교실에서 고개를 숙이고 지냈더니 집에 가면 목이 다 아팠다. 반 아이들을 이해 못 하는 건 아니다. 나라도 내가 미울 것 같다. 반 아이들에게 미안하고 또 미안했다.

운동회 날, 학교에 가지 말까 심각하게 고민했지만 빠질 구실이 없었다. 꾀병을 부리기엔 연기력이 부족했다. 하는 수 없이 등교를 했고 그날 하루가 너무 길었다.

그런데 운동회가 끝나고도 아이들은 여전히 냉랭했다. 사람 마음이 참 이상한 게 반 아이들에게 미안하다가도 시간이 지나니 조금씩 미웠다. 담임 선생님한테 말한 게 나이긴 하지만 너희들도 원했잖아. 내가 아니었어도 누군가 말했을 거잖아. 나는 대놓고 말하는 대신 속으로 따졌다. 치사해지고 싶지 않은데 내가 점점 더 치사해지는 것 같다.

쉬는 시간, 내 사물함에서 사회 책을 꺼내는데 사물함 맨

위에 놓인 휴대폰이 보였다. 누가 놓고 갔나. 난 휴대폰을 들고 아이들에게 물었다.

"이거 누구 거야? 여기, 휴대폰 주인?"

여러 번 크게 물었지만 아무도 대답이 없었다. 혹시 화면에 뭐라도 있을까 싶어 보려는데 누군가 휴대폰을 확 채 갔다. 지세영이었다.

"뭐야, 너? 왜 남의 휴대폰을 봐?"

지세영이 불쾌하다는 표정으로 나를 노려봤다.

"아니. 이게……."

난 휴대폰이 사물함 위에 있었다고 말하려 했지만 지세영은 내 말을 듣지도 않고 자기 자리로 가 버렸다. 지세영이 자기 친구들에게 뭐라고 말을 했는지 지세영 주변 아이들이 나를 노려보며 무슨 말을 주고받았다. 억울했지만 쫓아가서 따진다고 크게 달라질 것도 없었다. 수업 시작종 소리가 울려 나도 그냥 자리로 돌아와서 앉았다.

학원 수업이 끝나고 배가 고파 떡볶이 가게에 갔다. 떡볶이 1인분을 주문한 후 빈자리를 찾았다. 테이블에 앉아 떡볶이를 먹고 있는 우진이 보였다. 떡볶이 가게는 크지 않아, 앉아서 먹을 수 있는 8인용 긴 테이블 하나와 3명 정도 서서 먹을 수 있는 테이블이 있다. 서서 먹을까 하다가 우진이 앉아 있는 쪽으로 갔다.

옆자리에 떡볶이를 놓자 우진이 슬쩍 고개를 들어 나를 봤다. 나를 알아본 것 같았지만 나도 우진도 인사를 하지 않았다. 우진은 다시 고개를 숙여 휴대폰 게임을 했다.

나는 조용히 포크로 떡볶이를 찍어 먹었다. 우진이 아니라 우리 반 다른 아이였으면 옆에 앉지 않았을지도 모른다. 우진은 축구 대회에 나가지 못한 걸로 나를 책망하지 않은 유일한 아이였다. 반 아이들도 우진에게 관심이 없어 보였지만 우진도 아이들에게 관심이 없는 듯했다. 우리 반에서 다른 아이들과 어울리지 못하고 겉도는 두 명이, 바로 나와 우진이다. 차이점이라면 우진은 스스로 원해서 그러는 거지만 나는 아니라는 점이다. 나는 MBTI의 4개를 전부 E로만 채울 수 있는 사람이니까.

요즘 교실에서 하루 종일 내 입은 닫혀 있다. 집에 가서야 말을 하려고 하면, 내내 다물고 있던 입에서 쩍 소리가 날 정도다. 학교에서 못 한 말을 집에 가서 하는 것도 아니다. 집에서도 조용히 지낸다. 나는 절대 조용히 할 수 없는 사람이라고 생각했지만 아니었다. 학교에서 말없이 있는 게 습관이 되어서 그런지 집에서도 말을 거의 안 하고 있다. 이러다 말하는 법을 영영 잊어버리는 게 아닐까.

"그 게임 재밌어?"

말하기 연습이라도 할 요량으로 우진에게 물었다. 비행기를 조종하는 게임 같아 보였다. 기차만 좋아하는 줄 알았는데 비행기도 좋아하는 건가.

"비행기도 좋아해?"

내가 다시 물었고 우진은 "그냥 해."라고 짧게 답했다.

떡볶이를 먹다 보니 조금 매워서 사장님에게 가서 오뎅 국물을 달라고 부탁했다. 사장님이 종이컵에 국물을 떠 주셨다. 우진이 앉은 자리를 돌아보니 국물이 없었다. 나는 사장님에게 부탁해 오뎅 국물을 한 컵 더 받았다. 종이컵이 뜨거워 천천히 자리로 돌아왔다. 우진의 떡볶이 그릇 옆에 국물이 든 종이컵을 살포시 내려놨다. 우진이 그걸 힐끔 보더니 말했다.

"어, 나 오뎅 국물 안 먹어."

아, 괜히 두 개 받아 왔나 보다. 우진에게 오뎅 국물이 없었던 이유는 먹지 않아서였다.

"또 괜한 짓 했네."

나도 모르게 혼잣말이 나왔다. 우진은 게임을 하느라 듣지 못한 듯했다. 조용히 떡볶이만 먹는 것도 심심해 나도 휴대폰을 봤다.

어제 윤재와 지호, 서준은 스승의 날이라 초등학교에 다녀왔다며 이유람 선생님과 찍은 사진을 보여 줬다. 사진 속에는 6학년 때 친구들이 모두 모여 있었다. 나도 가고 싶었지만 시간이 맞지 않았다. 버스를 두 번 갈아타면 갈 수는 있지만 내가 도착할 때쯤이면 모두 헤어졌을 시간이었다. 사진 속에 나도 함께 있으면 얼마나 좋았을까. 6학년 때 참 재밌었는데. 고작 1년도 안 된 일인데 아득히 멀게만 느껴졌다.

우진은 게임을 하느라 나보다 떡볶이 먹는 속도가 더 느렸다. 나는 거의 다 먹었는데 우진은 아직 절반도 먹지 않은 상태였다. 나는 다 먹었으니 먼저 가는 게 낫겠지.

우진에게 간다는 말을 하고 그릇을 정리하는데 우진이 말했다.

"어, 나는 담임이 너무했다고 생각해."

앞의 문장이 생략되어 있어도 무엇을 말하는지 알 수 있었다. 우진은 눈을 여전히 휴대폰에 둔 채 계속 말을 이었다.

"난 축구 대회 못 나간 거 상관없어. 축구 좋아하지도 않거든."

울컥하고 고마운 마음이 들었다. 다른 아이들도 우진처럼 생각해 주면 얼마나 좋을까. 고맙다고 말하려는데 우진이 말했다.

"가만히 있어. 그럼 중간이라도 가."

"어? ……어. 갈게."

다 먹은 그릇을 반납하고 가게를 나왔다. 우진에게 조금도 고맙지 않았다. 내가 다른 사람도 아니고 우진 같은 아이에게 충고나 듣고 있어야 하다니. 맨날 기차 책만 보고 사람이랑 말 한 마디 하지 않으면서.

땅을 세게 걷어찼는데 괜히 발만 아팠다. 기분이 몹시 좋지 않다.

하랑이 나를 부르는 소리에 간신히 잠에서 깼다.

"오빠 안 일어나? 지각하겠다."

침대에 앉아 크게 하품을 했다. 원래 아침에 하랑을 깨우는 건 나였는데. 요즘 점점 일어나는 게 힘들다. 밤에 늦게 자는 것도 아닌데 그렇다. 수면 시간이 점점 늘어나고 있다. 잠을 많이 자면 키가 큰다는데 아직은 그럴 기미가 보이지 않는다. 올해 들어 1센티미터도 크지 않았으니까.

거실로 나가 보니 나보다 등교 시간이 늦은 하랑은 아침으로 아몬드 밀크에 콘플레이크를 말아서 먹고 있었다. 엄마는 이미 출근했고 아빠도 요즘 촬영하는 새 다큐멘터리 때문에 새벽에 나갔다.

"오빠, 아침 안 먹어?"

하랑이 콘플레이크 봉지를 톡톡 건드리며 물었다.

늦잠을 자서 아침 먹을 시간이 없었다. 나는 냉장고를 열어 가져갈 게 뭐 없나 찾아봤다.

오! 멜론우유가 보였다. 어젯밤 아빠가 편의점에서 사 왔던 게 떠올랐다. 어제는 이미 양치를 한 후라 먹지 못했다. 멜론우유를 꺼내 들고 집에서 나왔다. 아무래도 길을 걸으면서 먹으면 흘릴 것 같았다. 이따가 교실에 앉아서 먹는 게 낫겠다.

빠르게 뛰었더니 등교 시간에 늦지 않았다. 오히려 시간이 남았다. 교실 문을 들어서는데 여자아이들이 나를 바라봤다. 왜 그러지? 나는 아이들의 시선을 피해 내 자리로 걸어갔다.

그런데 내 앞을 누군가 막아섰다. 주은빈이었다. 나한테 무슨 볼일이 있나? 미처 물을 새도 없이 주은빈이 내가 들고 있던 멜론우유를 휙 빼앗았다. 그리고 나를 노려봤다. 아니, 왜? 뭐? 그런데 그게 다가 아니었다. 주은빈이 내 멜론우유를 바닥에 내던졌다. 우유갑이 터지면서 우유가 쏟아져 나왔다. 황당해서 쳐다보는데 주은빈이 교실을 나가 버렸다.

던진 건 주은빈이지만 내 우유니까, 우유가 더 쏟아지기 전에 얼른 사물함에서 화장지를 가져왔다. 화장지로 바닥을 닦고 남은 우유갑을 챙겨 화장실로 갔다.

화장실 세면대에 남은 우유를 버리며 생각했다. 주은빈은 왜 내 우유를 버린 거지? 너무 어이가 없었다. 설마 이제는 이런 식으로 나를 괴롭히려는 건가? 축구 대회에 나가지 못한 걸 복수하는 건가? 이건 학폭의 시작일까? 에이, 설마……. 아니라고 믿고 싶었지만 그렇지 않고서야 주은빈이 내게 한 행동을 설명할 수 없었다.

주은빈에게 잘못한 일이 뭐가 있을까 곰곰이 따져 봤다. 아무것도 없다. 주은빈과 나 사이에 그럴 일이 뭐가 있으랴.

교실 문을 열고 들어서는데 주은빈이 뚜벅뚜벅 내 앞으로 다가왔다. 나도 지지 않고 주은빈을 똑바로 바라봤다. 나는 주은빈에게 사과를 받아야 했다. 따져 물어야 하는데 주은빈 눈에 살기가 어려 있어 하려던 말이 나오지 않았다. 주은빈이 나를 노려보며 말했다.

"도하민. 너, 앞으로 멜론우유 가져오지 마."

아니, 내가 마실 우유도 하나 가져오지 못하나? 멜론우유는 뭐 너만 먹으라는 법 있어? 내가 내 돈 주고 사 먹겠다는데 왜 먹지 말라 해? 이렇게 따져야 하는데 주은빈은 내가 말할 틈도 없이 혼자 계속 쏘아붙였다.

"네가 갖다준 우유 이제 안 마실 거니까. 너, 앞으로 나 좋아하기만 해 봐. 절대 가만 안 둬."

주은빈은 그렇게 말하고 씩씩대며 자기 자리로 가 버렸다. 몇몇 아이들이 깔깔 웃는 소리가 들렸다.

"뭐야? 도하민이 주은빈 좋아하는 거였어?"

"대박. 웃기다. 도하민 제대로 차였네."

"자기 좋아하면 가만 안 두겠대."

그제야 어떻게 된 일인지 단박에 이해가 되었다. 그러니까 주은빈은 이제까지 자기 책상 위에 놓여 있던 멜론우유를 내가 가져다줬다고 오해한 것 같았다. 며칠 전 반 아이들이 전부 듣는 데서, 지세영이 박윤수에게 혹시 주은빈에게 멜론우유를 주는 게 너냐고 물었다. 박윤수는 아니라고 대답했다. 박윤수의 대답을 듣고 여자아이들은 조금 실망한 것 같았다. 아이들은 멜론우유를 누가 가져오는 건지 계속 궁금해했다. 그렇다고 나를 오해하다니.

이대로 오해를 받을 수 없었다. 멜론우유는 내가 준 게 아니니까. 그런데 주은빈은 자기를 좋아하는 사람이 나라는 게 그렇게 기분 나쁠 일인가? 우유를 던질 만큼? 좋아하지 말라고 화를 낼 만큼? 정말 기가 막혔다. 마치 내가 바닥에 내던져 터진 멜론우유가 된 기분이 들었다.

나는 주은빈에게 갔다. 이대로 멜론우유로 고백하다가 뻥차인 아이로 남을 순 없다.

"야. 멜론우유, 내가 가져다 둔 거 아니야. 오늘도 나 먹으려고 가져온 거고. 그리고 나 너 안 좋아해. 착각하지 마. 누가 너처럼 재수 없는 애를 좋아하겠냐? 널 좋아하느니 차라리 바퀴벌레를 좋아하고 말지."

나는 주은빈을 향해 또박또박 말했다. 주은빈의 얼굴이 일그러졌고 다시 아이들이 웃는 소리가 들렸다. 이번에는 나를 비웃는 것 같지 않았다. 누군가 "뭐야? 주은빈 혼자 쇼한 거야?"라고 말하자 몇몇 아이들이 동조했다. "바퀴벌레." 하면서 낄낄대는 말도 들렸다. 아, 더는 나도 모르겠다.

담임 선생님이 조회를 하러 교실로 들어왔고 나는 내 자리로 갔다. 교탁 앞에 선 선생님이 아이들을 죽 둘러보다가 주은빈을 불렀다.

"주은빈, 왜 아침부터 엎드려 있어? 어디 아파?"

주은빈은 책상 위에 두 팔 사이에 얼굴을 파묻은 채 엎드려 있었다. 아, 쟤는 사람 불편하게 왜 저러고 있는 거야. 혼자 북 치고 장구 치고 한 건 주은빈인데 꼭 내가 다 잘못한 것 같았다.

"주은빈, 괜찮아?"

선생님이 다시 한번 주은빈을 불렀다. 주은빈이 서서히 몸을 일으키더니 보건실에 가도 되느냐고 물었다.

"그래. 아프면 가 봐."

주은빈이 자리에서 일어나 뒷문 쪽으로 걸어갔다. 눈가가 빨갰다. 그사이 울기까지 한 걸까.

선생님은 전달 사항을 몇 가지 말한 후 교실에서 나갔다.

"야, 주은빈 뭐냐? 어이없어."

"그러게. 남자들이 다 자기만 좋아하는 줄 아나 봐."

아이들이 주은빈 없는 데서 주은빈 이야기를 했다. 내가 주은빈도 아닌데 듣고 있는 게 다 불편했다. 괜히 멜론우유가 원망스러웠다. 차라리 집에서 먹고 올걸. 그랬으면 이런 일은 생기지 않았을 텐데. 주은빈은 괜찮을까? 바퀴벌레 이야기까지는 하지 말 걸 그랬나? 그냥 벌레라고만 할 걸 그랬나 보다.

1교시 내내 뒷문 쪽에서 소리가 나면 나도 모르게 고개를 돌려 확인했다. 혹시 주은빈이 돌아온 게 아닌가 싶어서다. 하지만 주은빈은 3교시가 시작될 때가 되어서야 교실로 돌아왔다.

7。 지하의 생활

주은빈을 뭐 하러 신경 쓴 걸까. 나나 신경 쓸걸. 주은빈을 왜 걱정한 걸까. 나나 걱정할걸. 그날 이후 주은빈은 나 때문에 망신을 당했다고 생각하는지(아니, 망신은 내가 더 당했는데?) 나를 못 잡아먹어 안달이었다.

주은빈 혼자만 그러는 게 아니다. 주은빈과 함께 노는 무리들 전부가 비슷한 행동을 했다. 주은빈과 친하지 않은 여자아이들도 나를 무슨 벌레 보듯 대했다. 주은빈 무리가 일부러 내 어깨나 팔, 가방을 툭툭 치고 가는 유치한 행동을 한다면, 다른 여자아이들은 나랑 닿으면 바이러스라도 옮을 것처럼 나를 피했다. 김예나는 나와 마주치자 화들짝 놀라며 뒷걸음질까지 쳤다. 아니, 내가 뭘 잘못했다고? 그렇다고 남자아이들은 괜찮냐? 천만에. 걔네는 여자아이들이 나를 대하는 걸 지켜보며 킬킬거렸다.

주은빈을 적으로 돌리는 건 여자아이들 전부를 적으로 돌리는 일이란 걸 그때, 나는, 몰랐다. 다시 그날로 돌아갈 수 있다면 나는 주은빈에게 따지지 않을까? 모르겠다. 인생에 딱 한 번 타임리프할 수 있다면 고작 주은빈 때문에 쓰고 싶지는 않다.

나는 교실 앞문을 열고 들어갔다. 요즘 나는 일부러 앞문으로 다닌다. 뒷문으로 들어가면 뒤쪽에 앉은 주은빈을 마주쳐야 한다. 내 자리는 뒷문이랑 더 가깝지만 차라리 몇 걸음 더 걷는 게 낫다. 교실에서 나는 홀로 매일 퀘스트를 하고 있다.

최대한 주은빈 쪽을 바라보지 않았다. 괜히 눈이 마주치면 비아냥거리거나 기분 나쁘게 쳐다볼 테니까. 가방에서 책을 꺼내 읽는 척했다.

주은빈 무리가 말하는 게 들렸다. 그 아이들의 목소리가 크기도 했고 신경 쓰지 않으려고 할수록 더 신경이 그쪽으로 쏠려서 잘 들렸다. 게다가 나는 청력이 유난히 좋다. 10미터 거리에서 나는 작은 소리도 잘 들었다. 아마 듣기 대회가 있었다면 1등은 따 놓은 당상이었을 거다. 어쩌면 나는 전생에 초식 동물이었나 보다. 맹수를 피해 도망치려면 청력이 좋아야만 할 테니까.

"정말? 그럼 우리 지유 팬 미팅 갈 수 있는 거야?"

"그거 티켓 오픈하자마자 금방 매진될 거 같은데?"

지세영과 이지안이 물었고 주은빈이 걱정하지 말라고 말했다. 지유는 요즘 가장 인기 있는 아이돌 그룹 멤버로 여자아이들이 가장 닮고 싶어 하는 아이돌이다. 하랑도 지유를 엄청 좋아한다. 하지만 티켓을 구하는 게 워낙 어려워 (0.00001초 만에 매진이라고 한다.) 콘서트에는 가지 못했다.

"우리 삼촌이 지유 기획사 대표랑 절친이거든. 내가 좋아한다니까 네 장 정도는 구해 주겠대."

아이들이 환호하고 짝짝 박수를 치는 소리가 들렸다. 주은빈이 지유를 좋아한다니, 원래 아무 감정이 없었는데 지유가 다 싫어지려고 했다.

3교시 수학 수업을 앞두고 서랍을 보니 수학책이 없었다. 사물함에 있는지 보려다가 주은빈과 마주쳤다. 하필 나와 주은빈 사물함은 바로 옆이었다. 수학책이 어딨는 거야? 얼른 찾아 자리로 돌아가려는데 수학책이 보이지 않았다.

"어머? 여기 우리 반 교실 맞아?"

주은빈이 자기 무리를 향해 물었다. 또 무슨 수작이지?

"맞는데 왜?"

누군가 대꾸했다.

"근데 왜 우리 교실에 호빗이 있지? 난 우리 교실 아닌 줄."

주은빈의 말을 들은 아이들이 깔깔대며 웃기 시작했다. 여기저기서 "호빗이래, 호빗."이라는 소리가 들렸고, 또 누군가는 호빗이 뭐냐고 물었고, 다시 또 누군가가 난쟁이라고 대꾸했고, 백설공주 이야기까지 나왔다.

사회책 속에 수학책이 끼어 있었다. 수학책을 빼내어 사물함을 닫는데 주은빈이 고개를 숙여 나를 봤다. 그렇다. 주은빈은 나보다 키가 더 커서 고개를 내려야만 눈높이가 비슷했다.

"야, 꼬맹이. 이 누나가 급식 우유 너 줄까? 너 우유 많이 먹어야겠어. 그래야 쑥쑥 크지."

더 이상 참을 수가 없었다. 나는 수학책이 구겨질 정도로 꽉 쥐었다.

"지금 네가 말한 거, 학폭이야."

난 주은빈에게 똑똑히 말했다.

“뭐?”

“학폭이라고. 외모 비하하는 발언, 학폭이라고.”

진짜로 학폭으로 신고할 생각은 없다. 신고를 해 봐야 서면 사과를 받는 게 전부일 테니까. 하지만 지렁이도 밟으면 꿈틀, 한다고 뭐라도 말을 해야 했다. 내 말을 들은 주은빈은 마치 연극 배우처럼 “하, 하, 하.” 하고 한 음절씩 끊어서 웃었다. 그런 다음 큰 소리로 말했다.

“야, 도하민이 나 학폭으로 신고한대.”

아이들이 웅성대기 시작했다.

“진짜? 와, 그럼 은빈이 너 가해자 되는 거야?”

“와, 무섭네. 무서워서 어디 친구한테 말 한마디 할 수 있겠냐?”

기가 막혔다. 친구라니. 너희들이 나를 친구로 생각한 적 한 번이라도 있어? 친구면 나를 그렇게 대하면 안 되지. 하지만 나는 이 말을 하지 않았다.

수학책을 들고 내 자리로 돌아왔다.

고개를 숙이고 한숨을 푹 내쉬었다. 수업 종이 울리며 수학 선생님이 교실로 들어왔다. 고개를 들다가 우진과 눈이 마주쳤다. 우진이 안타깝다는 듯 보고 있었다. 그래, 네 말이 맞았어. 가만히 있을걸. 그냥 가만히 가만히 있을걸. 타임리프할 기회가 있다면 떡볶이집에서 우진을 만난 날로 돌아가야겠다. 돌아가서 말해 줘야지. 도하민, 우진이 말 들어. 교실에서 없는 듯 있어. 억울해도 아무 말 하지 마. 더 억울한 일이 생길 테니까. 하지만 현실에는 타임리프가 없다는 걸 나는 너무나 잘 알고 있다.

학원 끝나고 집으로 돌아와 잠을 잤다. 아빠가 저녁을 먹으라고 깨워 일어났다. 엄마와 하랑이 이미 식탁에 앉아 있었다.

저녁 반찬은 불고기였다. 할머니가 만들어 보내 주신 불고기는 내가 가장 좋아하는 음식 중 하나다. 하지만 오늘은 별로 맛이 없었다. 속이 더부룩하고 답답해 잘 먹히지 않았다. 밥을 반 공기쯤 먹고 남겼다.

그릇을 치우려고 일어나는데 아빠가 냉장고에 멜론우유를 사다 놨다고 했다. 멜론우유는 이제 더는 먹고 싶지 않다. 멜론우유 때문에 내가 어떤 일을 겪고 있는데. 주방을 나가려는데 아빠가 내 뒤통수에 대고 말했다.

"아들, 잘 먹어야 키가 크지."

그놈의 키, 키, 키. 중학교에 들어온 지 이제 한 학기가 다 되어 간다. 그사이 반 아이들은 키가 쑥쑥 컸다. 그런데 나만

제자리다. 생각날 때마다 재 보는데 1센티미터도 자라지 않았다.

"나, 성장 주사 맞고 싶어."

나는 식탁을 돌아보며 불쑥 말했다.

초등학교 4학년 때 큰이모 집에 놀러 갔는데 큰이모가 엄마에게 성장 주사 이야기를 꺼냈다. 큰이모 아들인 재현 형도 성장 주사를 맞고 있다며 나와 하랑에게도 성장기가 시작되기 전에 맞히라는 거였다. 성장 주사라니? 독감 주사, 코로나 주사는 들어 봤는데 성장 주사는 처음 들어 봤다. 그날, 집으로 돌아오며 나는 엄마에게 성장 주사가 뭐냐고 물어봤다. 엄마는 키가 클 수 있도록 돕는 주사라고 알려 주었다. 다만 치료를 시작하면 집에서 매일 주사를 맞아야 한다는 거다. 하랑은 주사는 절대 싫다며 맞지 않겠다고 했다. 나는 생각해 보겠다고 했다. 아빠는 그런 걸 굳이 맞아야 하느냐고 했다. 사람은 다 타고난 대로 살면 된다며 주사의 효과도 확실하지 않은데 나중에 부작용이라도 발견되면 어쩔 거냐고 말렸다. 아빠가 부정적으로 여기니 나도 왠지 성장 주사를 맞고 싶지 않았다.

아빠는 키가 작은 것을 콤플렉스로 여기지 않는다. 한번은 길에서 아이스크림을 먹으며 걷는데 아빠가 말했다.

“하민아, 키가 작으면 장점도 있다.”

“뭔데?”

“인사를 할 때 더 많이 고개를 숙이는 것처럼 보이거든. 그래서 더 친절한 사람이 될 수 있어.”

들고 보니 그랬다. 아빠는 동네에서 다정하고 친절한 사람으로 소문났다. 내 친구들도 우리 아빠랑 자기 아빠랑 바꾸고 싶다는 말까지 했다. 어쩌면 아빠가 작아서 더 친절하게 보였던 걸까? 그럴 리 없을 것 같지만 그럴 수도 있었다.

그때 나는 아빠처럼 키가 작아도 상관없을 것 같았기 때문에 엄마에게 주사를 맞지 않겠다고 말했다. 게다가 4학년 때까지는 키가 작은 편이 아니었다. 서준을 빼고는 윤재와 지호보다 키가 더 컸다. 그때는 나도 평균 키였다. 6학년이 되면서 키가 자라는 속도가 더뎌졌고 윤재와 지호도 나를 앞질렀다.

성장 주사를 맞을 걸 그랬나 보다. 지금 중학교 3학년인 재현 형은 성장 주사 덕분인지 키가 175센티미터가 넘었다. 물론 그 집은 이모와 이모부가 다 키가 크긴 하다.

내 마음은 변했는데 아빠는 이번에도 그때와 똑같은 말을 했다.

“아휴. 뭘 그걸 맞아서 억지로 키를 키워?”

아빠의 논리라면 학원도 다닐 필요가 없다. 무얼 억지로 수학을 공부하고 무얼 억지로 영어를 공부하나. 학교에서 하면 그만인데.

"애들이 나보고 뭐라는 줄 알아? 호빗이래."

엄마가 도대체 누가 그러냐고 화를 냈고, 밥을 먹던 하랑은 아빠에게 호빗이 뭐냐고 물었다.

"그 말 한 애 누구야?"

"몰라. 다. 다 그래."

지금 누가 그렇게 말했는지가 중요한가. 그 사람 입을 막는다고 내가 호빗이 아닌 게 되나. 엄마는 자기가 놀림당한 것처럼 씩씩댔다. 엄마를 보니 내 키가 문제긴 문제다. 만약 누가 나한테 개구리처럼 생겼다거나, 허수아비처럼 생겼다고 했으면 엄마는 저렇게까지 화를 내지는 않았을 거다. 개구리라고 불렀다면 엄마는 어디가 개구리를 닮았다는 거지? 큰 눈인가? 했을 거고, 허수아비였다면 몸이 흐느적거려 그런가? 하며 웃으며 넘어갔겠지. 하지만 키가 작은 건 사실이니까. 아니라고 생각하면 웃고 넘길 수 있지만 진짜라는 폐부가 찔릴 때는 아프다.

"어떻게 호빗이라고 할 수가 있어? 애들 정말 못됐네."

아빠가 흥분하지 말라며 엄마를 말렸다. 하지만 엄마는

쉽게 화를 가라앉히지 못했다. 아빠가 "누나, 그만해."라고 까지 말했지만 소용없었다. 아빠는 엄마를 달래는 대신 내게 말했다.

"하민아. 아빠가 그랬잖아. 남들 시선 신경 쓸 필요 없다고. 왜 남이랑 비교해?"

허, 참. 화를 내는 엄마보다 설교하는 아빠가 더 짜증 났다. 나는 몸을 돌려 아빠를 똑바로 바라봤다.

"말도 안 되는 소리 하지 마. 어떻게 남들 신경을 안 써? 세상 나 혼자 살아? 남들이랑 같이 어울려 살아야 하잖아!"

소리를 버럭 지른 후 방으로 들어왔다.

예전에는 아빠의 말이 멋있었지만 지금은 아니다. 아빠의 자기 합리화로밖에 느껴지지 않는다. 나도 나 혼자 살면 남들이랑 비교 안 하고 잘만 살 수 있다. 하지만 세상에는 나와 다른, 너무 많은 사람들이 있다.

내가 학폭 이야기를 꺼낸 다음부터 주은빈은 더는 나를 호빗이라고 부르지 않았다. 대신 나를 아예 없는 사람 취급했다. 나와 말하면 벌칙이라도 받는 건지 반 아이들은 내게 아예 말을 걸지 않았다. 그 전에는 존재감이 없는 정도였다면 이제는 정말로 교실에서 투명 인간이 되어 버렸다. 1층 바닥이 끝인 줄 알았다. 지하가 있었다는 것을 어찌 상상할 수 있으랴.

불을 끄고 침대에 누웠다. 이불을 뒤집어쓸 필요는 없었다. 저녁이라 창밖은 어두웠으니까. 이대로 밤이 가면 아침이 오겠지. 내일이 오지 않으면 좋겠다. 계속 계속 이대로 밤이었으면 좋겠다. 아침이면 학교에 가야 하니까. 나는 학교에 가기가 정말 정말 싫은데.

다 싫다. 모두 다 싫다. 전부 다 싫다. 나는 투명 인간과 벌레 사이를 오간다. 나에게 먼저 말을 거는 아이들도 없고, 간혹 나와 눈이 마주치는 주은빈 무리는 나를 벌레 보듯 쳐다본다. 엉망진창 똥망진창이다. 어떻게든 해 보려고 했지만 어떻게도 되지 않는다. 그나마 다행인 건 곧 여름 방학이라는 거다. 방학에는 적어도 학교는 가지 않아도 되니까. 그런데 방학이 된다고 뭐가 크게 달라질까. 내가 나라는 건 변함이 없는데. 방학에도 나는 그대로 나일 텐데.

내가 나를 좋아할 수 없는 것보다 더 끔찍한 일이 있을까.

나는 내가 너무 별로다.

⑧. 다행히 방학

방학을 했다. 방학이라고 늦잠을 자지는 않지만 일부러 엄마와 아빠가 출근한 이후에야 거실로 나갔다. 그게 엄마와 아빠도 편할 것 같았다. 성장 주사 이야기를 한 이후 엄마와 아빠는 내 눈치를 봤다. 엄마가 병원에 가 보자고 했지만 나는 조금 생각해 보겠다고 했다. 인터넷을 찾아보니 효과가 있다는 사람도 있었지만 그렇지 않다는 사람도 있었다. 중 1부터 시작하기에는 이미 늦었다고도 했고 주사 비용도 비쌌다. 방학 전에는 어떻게든 성장 주사를 맞아야겠다 싶었지만 지금은 반반이다.

아직 11시밖에 되지 않았지만 아침을 먹지 않아서 그런지 배가 고팠다. 슬슬 방문을 열고 나갔다. 창문을 다 열어 놓았는데도 덥다. 여름이니까 더운 건 당연하겠지.

주방으로 가서 점심으로 뭘 먹을까 찾아보고 있는데 하랑이 방에서 나왔다.

"오빠, 아빠가 볶음밥 해 놨대. 그거 데워 먹으면 돼."

"넌?"

"나 오늘 점심 나가서 먹을 거야."

냉장고에서 볶음밥을 찾았다. 용기 위에 '전자레인지에 2분 데워 먹을 것. 맛있게 먹어. 사랑해, 아빠가'라고 포스트 잇이 붙어 있었다. 뚜껑을 열어 보니 햄채소볶음밥 위에 계란프라이가 하나 올라가 있다.

포스트잇을 뗀 다음 용기를 전자레인지에 넣었다. 하랑은 제 방과 욕실을 왔다 갔다 하면서 바삐 나갈 준비를 하고 있었다. 어딜 가는지 혼자 괜찮니 마니 하면서 옷을 여러 번 갈아입었다. 누가 보면 패션쇼를 하는 줄 알 거다.

"점심 누구랑 먹는데?"

"걷기 클럽 선배님들이 와서 피자 사 준대."

하랑은 학교 운동 클럽으로 걷기 클럽에 가입했는데, 방학에도 일주일에 두세 번씩은 호수 공원에 나가서 걸었다. 학교에서 시킨 건 아니고 걷기 클럽 아이들끼리 자율적으로 하는 거라고 했다. 걷기 클럽 덕분인지 하랑은 전학 온 학교를 무척 마음에 들어 하는 것 같았다. 이사 전에는 주말마다 예전 동네로 갈 것처럼 굴더니 이제까지 다섯 번도 가지 않았다.

삐삐 알림 소리가 들렸다. 나는 전자레인지 문을 열어 볶음밥을 꺼냈다. 용기가 뜨거워서 얼른 식탁에 내려놨다. 아, 뜨겁다.

하랑이 주방으로 들어와 제가 입은 옷이 어떠냐고 물었다. 남색 반바지에 베이지색 티였다. 나는 "괜찮아."라고 대답했다. 그러자 하랑은 괜찮다는 말은 별로라는 뜻이라며 다시 방으로 들어갔다.

잠시 후 하랑은 무릎까지 오는 치마에 노란색 티셔츠를 입고 나왔다. 이건 어떠냐고 물어서 예쁘다고 말해 주었다. 안 그러면 또 옷을 갈아입을 거다.

"오빠, 우리 걷기 클럽 1기 선배 중에 커플도 있대. 중학교 1학년 때부터 사귀어서 벌써 3년이나 됐대. 오늘 같이 나온다고 하더라고."

하랑은 내가 묻지도 않았는데 걷기 클럽 이야기를 했다. 눈치를 보니 하랑도 걷기 클럽 멤버 중에 마음에 드는 아이가 있는 것 같았다.

"너도 사귀고 싶은 사람 있어?"

내 물음에 하랑은 "아니거든!" 하고 아주 큰 소리로 말했는데 뭔가 들킨 표정이었다.

하랑이 나가고 난 후 다 먹은 그릇을 치웠다. 거실 소파에 길게 누웠다. 에어컨을 켤까 했는데 창문으로 들어오는 바람을 느끼니 견딜 만했다. 에어컨을 틀면 또 너무 춥다.

바깥에서 맴맴 하고 매미 소리가 들렸다. 도대체 몇 마리가 울기에 저렇게 소리가 큰 걸까. 매미 소리가 없으면 여름이 좀 허전할 것 같다. 매미 소리가 들리기 시작하면 여름이라는 걸 느낄 수 있다. 계절은 소리로도 온다.

매미는 유충 때 땅속에서 7년쯤 살다가 성충으로 3주 정도 산다. 초등학교 때는 그 이야기를 듣고 매미가 엄청 불쌍하다고 생각했다. 7년쯤 갇혀 살았으면 적어도 1년은 자유롭게 바깥에서 살게 해 줘야지 고작 3주라니. 야박하기 짝이 없었다. 성충으로서의 시간이 너무 짧기에, 바깥이 너무 좋아 아쉽기에 최선을 다해 저렇게 우는 건 줄 알았다. 그런데 지금은 생각이 바뀌었다. 어쩌면 매미는 "땅속이 좋았어. 다시 돌아가고 싶어. 맴맴

맴맴맴맴맴맴맴맴맴맴맴맴맴맴맴맴맴맴맴맴맴맴맴
맴맴맴맴맴맴맴맴맴맴맴맴맴맴맴맴맴맴맴맴맴맴맴
맴맴맴맴맴맴맴맴맴맴맴맴맴맴맴맴맴맴맴맴맴맴맴
맴맴맴맴맴맴맴맴맴맴맴맴맴맴맴맴맴맴맴맴맴맴맴
맴맴맴맴맴맴맴맴맴맴맴맴맴맴맴맴맴맴맴맴맴맴맴
맴맴맴맴맴맴맴맴맴맴맴맴맴맴맴맴맴맴맴." 하고 우는 건
지도 모른다. 바깥에 나와 이 꼴 저 꼴 안 보고 땅속에서 사
는 것도 나쁘지 않을 것 같다.

학원 수업이 끝나고 복도에서 우진을 마주쳤다. 나는 손
을 들어 우진에게 인사를 먼저 했다. 우진은 반에서 나와 유
일하게 인사를 하고 지내는 사이다. 우진도 "어." 하고 인사
를 받아 주었다.

"저기."

웬일인지 우진이 내게 먼저 말을 걸었다. 할 말이 있는 것
같았지만 바로 말을 하지 않았다. 우진이 "어, 어." 하고 머뭇
대서 난 우진의 말을 기다렸다.

"마라탕 먹으러 갈래? 내가 살게."

뜻밖의 제안에 곧바로 대답하지 못했다. 그러자 우진은
내가 거절하는 거라고 여겼는지 "아냐."라고 금세 물러서려

했다.

“좋아. 우진이 네가 사는 거면 가야지.”

난 우진과 함께 마라탕 가게에 갔다. 학원 옆 건물에 있는 곳이었는데 우진은 자주 왔다고 했다. 그러고 보니 학기 초에 하랑이 맛있다고 알려 준 그곳이었다.

커다란 냄비에 먹고 싶은 것을 이것저것 골랐다. 우진은 소시지를 좋아하는지 그걸 많이 담았다. 내가 버섯이랑 채소를 좋아한다고 말하니 우진은 냄비를 건네며 알아서 담으라고 했다. 자기는 먹고 싶은 걸 다 골랐다며 말이다. 난 청경채와 팽이버섯, 느타리버섯을 넣었다.

“면도.”

우진이 면이 모여 있는 곳을 가리키며 말했다.

“우진아, 어떤 면?”

“난 상관 없어.”

무난하게 라면을 골랐다.

사장님이 무게를 잰 후 가격을 알려 주었다. 생각보다 금액이 더 나왔다. 우진이 사는 건데 너무 많이 골랐나? 우진이 계산을 한 후 진동벨을 받았다.

마주 앉아 있는데 딱히 할 말이 없었다. 무슨 말을 해야 하나 생각하는데 진동벨이 울렸다. 내가 가져오겠다며 진동벨을 들고 일어났다.

사장님에게 진동벨을 드리고 조리된 마라탕이 담긴 쟁반을 받았다. 빨간 기름이 둥둥 떠 있는 마라탕은 보기만 해도 침이 꼴깍 넘어갔다. 쟁반을 우진이 앉아 있는 식탁 위에 그대로 내려놓았다.

"잘 먹을게."

우진이 고른 맵기 정도는 딱 좋았다. 음료수는 내가 사 왔다. 우진은 마라탕을 먹는 동안은 휴대폰 게임을 하지 않았다. 그렇다고 나와 대화를 하는 것도 아니었다. 우리는 둘 다 아무 말 없이 마라탕만 먹었다.

마라탕 그릇이 거의 다 비었을 때쯤 우진이 말을 꺼냈다.

"어, 어. 그거 나야."

"뭐가?"

"어, 그거."

그거가 뭐지?

"주은빈한테 멜론우유 갖다준 거."

우진의 말에 먹던 음료수를 내뿜을 뻔했다.

"너였다고? 너 주은빈 좋아해?"

우진이 조용히 하라며 주의를 주었다. 주변을 둘러보니 다행히 마라탕 가게에 손님은 우리밖에 없었다.

“이제 아냐. 절대 아냐. 너한테 하는 거 보니.”

우진이 두 손바닥까지 펼쳐 들며 아니라고 했다. 어쩐지. 우진이 내게 마라탕을 사겠다고 하는 게 이상했는데 다 이유가 있었다.

“어, 근데 은빈이 초등학생 때는 그렇지 않았거든.”

우진의 말을 들으며 나는 입을 비죽거렸다.

“외모로 사람 좋아하면 안 되는 거야. 걔 웃는 거 못 봤어? 나는 걔 마녀 같아.”

주은빈은 왼쪽 입꼬리만 더 올리며 웃을 때가 있는데(주로 나를 보고 그랬다.) 마녀 수업을 받다가 온 아이 같았다. 그 야비한 미소를 떠올리니 으스스 소름이 다 돋았다. 내가 무섭다며 양손으로 팔을 문지르니 우진은 에어컨 바람 때문일 거라고 했다.

“어, 그리고 나 은빈이 예뻐서 좋아한 거 아니었어.”

“그럼?”

우진이 살짝 미간을 찡그렸다. 무언가를 떠올리는 듯했다.

“초등학교 5학년 때 나랑 은빈이랑 같은 반이었거든. 그때도 은빈이는 회장이었어. 아이들한테 인기도 많고 착했어.”

“걔가 착했다고? 주은빈이?”

내가 끼어들어 갑자기 우진이 말을 멈추고 입을 꾹 다물었다. 나는 계속하라며 손짓했다.

"진짜야. 그때는 착했어. 피구할 때 내가 공격당해서 금방 아웃되면 애들이 화냈거든. 그때 은빈이가 다 실수할 수 있는 거 아니냐며 내 편 들어줬어. 내가 알림장 늦게 쓰면 알림장도 베끼라고 빌려주고. 중학교 와서 다시 같은 반 되니까 좋았는데……."

착한 주은빈이라니. 그럼 뭐 하나. 그건 다 옛날인걸.

"됐어. 그때 착했으면 뭐 해. 지금은 아니잖아."

나는 고개를 절레절레 저으며 말했다.

"맞아. 아무래도 은빈이가 두 명인 것 같아."

"뭐? 주은빈이 쌍둥이라도 된다는 거야?"

"말이 되는 소리를 해. 쌍둥이가 같은 이름을 쓸 리가 없잖아."

우진이 내 말을 비웃었다. 하긴 내가 했지만 헛소리 같긴 했다. 나는 겸연쩍어 괜히 손바닥으로 머리카락을 살짝 매만졌다. 우진이 진지한 표정을 하더니 말했다.

"실은 주은빈이 복제 인간인 거지. 주은빈A와 주은빈B가 있는 거야. 초등학교 때의 착한 주은빈은 주은빈A이고 지금은 못된 주은빈B가 학교를 다니는 거야. 아, 주은빈B인 걸 알았으면 멜론우유 안 갖다주는 건데."

내가 말한 쌍둥이가 헛소리에 불과하다면 우진의 복제 인간설은 말 같지도 않았다.

"야, 차라리 쌍둥이가 더 현실적이겠다. 복제 인간이 말이 돼?"

하지만 우진은 자꾸 주은빈이 두 명인 것 같다고 했다. 난 복제 인간은 공상과학 영화에나 나오는 거라고 말했다.

"몰라. 그럼 주은빈의 변화를 어떻게 설명할 건데?"

"걔는 그냥 못된 애였던 거라니까."

"초등학생 때는 아니었다고. 지금 주은빈은 너무 무섭단 말이야."

주은빈의 변화를 두고 둘이 토론을 해 봐야 결론이 나지 않을 것 같았다. 우리는 주은빈 이야기는 그만하고 남은 국물을 숟가락으로 떠서 먹었다. 다 식어서 매운 맛이 거의 느껴지지 않았다.

"미안해."

우진이 마라탕 그릇을 보고 말하기에 마라탕에게 사과하는 줄 알았다. 사과의 대상은 나였다. 우진은 자기 때문에 내가 주은빈에게 괴롭힘을 당한 것 같다며 미안하다고 했다. 내가 당하는 걸 볼 때마다 자기가 당하는 것 같았다며 말이다. 난 우진의 탓이라고 생각하지 않는다. 나를 힘들게 한 건 우진이 아니라 주은빈이니까.

"그렇게 미안하면 마라탕 한 번 더 사."

"언제? 다음 주?"

우진은 내 말을 진지하게 받아들였다.

"아냐. 그냥 한 말이야."

난 괜찮다고 했다. 진심이라는 말도 덧붙였다. 그보다 그 동안 나는 우진에게 묻고 싶었던 게 있었다.

"우진아. 근데 혹시 말이야. 너 회장 선거 때 나 뽑았어?"

"어? 어떻게 알았어?"

우진이 깜짝 놀라며 되물었다.

"맞구나. 고마워."

왠지 우진일 것 같았는데 우진이 맞았다. 그나마 교실에서 내게 우호적인 건 우진 한 명뿐이다.

"박윤수 싫어서 너 뽑은 거야. 어, 뭐 내가 박윤수 안 뽑는다고 박윤수가 회장 안 되는 건 아니지만."

애도 참. 뭐 굳이 그런 세세한 것까지 말을 하나. 이유까지는 모르면 더 좋았을 텐데. 어쨌든 나를 뽑아 준 건 맞으니 고마운 마음은 그대로였다. 우진은 알까. 외로운 밤이면 나에게 표를 준 누군가를 내가 떠올렸다는 걸. 이 말은 우진에게는 못 할 것 같다.

우리는 마라탕 가게에서 나와 함께 걸었다. 우진은 옆 단지에 산다고 했다.

"우진아. 오늘 잘 먹었어."

오랜만에 먹은 마라탕은 아주 맛있었다. 신호등 앞에서 헤어지려는데 우진이 말했다.

"근데 내 이름, 우진이 아니야."

"무슨 소리야? 너 선우진이잖아."

내가 선우진의 이름을 모를 리가 없다. 나는 우진과 친하지 않지만 우진이 철도 덕후라는 것도, 형제가 없이 외동이라는 것도, 여기 이사 오기 전에 살던 동네도 알고 있다. 나는 한 번 들으면 다 기억하니까. 귀도 밝아서 직접 듣지 않아도 들린다.

"그건 맞는데. 성이 선우고, 이름이 진이거든."

우진이, 아니 진이 그 말을 남긴 후 2단지 쪽을 향해 걸어갔다. 나는 다 안다고 생각했는데 그렇지 않았다.

3부
그림에도 불구하고

⑨。 거짓말의 여왕

방학의 시간은 늘 너무 빨리 지나간다. 더위가 사그라들 즈음 2학기 개학을 했다. 방학 동안 예전 살던 동네에 가서 3일간 놀다 왔다. 하루는 윤재네 집에서, 또 하루는 서준네 집에서 넷이 다 같이 모여 잤다. 만나러 가기 전에는 몇 달 만에 만나는 거라 어색하면 어쩌나 조금 걱정이 되었다. 하지만 우리는 만나자마자 "어이." 인사하고 어제도 만났던 것처럼 놀았다. 초등학교 때 놀던 것과 다르지 않았다. 게임을 하고 축구를 하고 피자, 치킨을 먹었다. 하루는 윤재네 엄마가 계곡을 데려가 주셔서 물놀이도 실컷 했다.

방학 때 학교에 오지 않으며 숨 고르기를 한 덕분인지 1학기 때만큼 학교에 오는 게 힘겹진 않았다. 반 아이들이 나를 무시하는 게 아니라 관심 없어 한다고 생각하니 교실이 엄청 불편하지는 않았다.

내 뒤에 앉은 진에게 인사를 했다. 2학기를 시작하며 제비뽑기를 했는데 내가 진의 앞자리가 되었다. 진은 오늘도 〈철도 대백과사전〉을 읽고 있다. 두껍긴 하지만 아직도 다 못 읽었나 싶었는데 알고 보니 이 책은 진의 패션이었다. 하랑은 외출할 때 꼭 작은 가방을 챙겨 나가는데 그 가방 같은 거다. 없어도 되지만 없으면 왠지 허전하기에 들고 있는 물건 말이다.

진이 기차나 철도를 좋아하니 나도 조금은 기차에 관심이 갔다. 여름 방학 때 KTX를 타고 할머니 댁에 다녀왔다. 그전에는 아무 생각이 없었는데 이번에는 나도 모르게 KTX 모양을 살펴보게 되었다. 내가 그 이야기를 하자 진은 KTX와 일반 기차가 다르다며 둘의 차이점을 설명해 주었다.

진과 둘이 있을 때 주로 말을 하는 건 나다. 진은 기차 이야기가 나와야 신이 나서 말을 많이 한다. 내가 일본 여행을 가서 신칸센을 탄 적이 있다고 하니, 진은 일본이 기차 여행을 하기 너무 좋다며 일본 기차의 특징을 이야기해 주었는데 사실 10프로도 알아듣지 못했다.

진은 자동차나 비행기에는 별 관심이 없었다. 한번은 진에게 왜 기차를 좋아하느냐고 물었다. 진은 자동차, 비행기나 배는 개인 소유가 될 수 있지만 철도는 그게 불가능하다고 했다. 그래서 그럼 공기랑 물도 좋아하느냐고, 그것도 다 개인이 소유를 못 하지 않느냐고 물으니 진은 대답하지 않은 채 다시 책을 읽었다. 진은 대답하기 싫으면 꼭 그랬다.

1교시 수업인 국어책을 가지러 사물함으로 가다가 주은빈을 봤다. 주은빈은 이미 사물함 문을 닫는 중이었다. 주은빈이 책을 들고 자기 자리로 돌아갔다. 그리고 고개를 숙인 채 자리에 앉았다. 정말로 주은빈은 왕따가 되어 버린 걸까?

2학기가 되어 교실 분위기가 달라졌는데 주은빈과 주은빈 무리들 사이에 변화가 있었기 때문이다.

방학 동안 무슨 일이 있었는지 주은빈 주위에 아무도 없었다. 항상 주은빈 주변은 모여든 아이들로 시끌벅적했는데 이제 주은빈은 쉬는 시간이면 책상에 엎드려 있거나 교실에 없었다. 진에게 혹시 무슨 일인 줄 아느냐고 물었지만 진도 모른다고 했다. 여자아이들을 붙잡고 무슨 일이냐고 물어볼 수도 없었다.

그러다가 어제 수학 학원에서 지세영이 다른 아이와 말하는 걸 듣고 알았다. 지세영은 주은빈의 거짓말을 더 이상 못

참겠다며 화를 냈다. 주은빈이 지유의 팬미팅 티켓을 구해 줄 수 있다고 한 것도 거짓말이었고, 서울대를 다니는 사촌 언니한테 과외를 받는 것도 거짓말이었다고 했다.

"남자애들이 다 자기 좋아하는 줄 알아. 1학기 때 주은빈 자리에 매일 멜론우유가 놓여 있었거든. 우린 박윤수가 갖다 놓은 줄 알았는데 아닌 거야. 박윤수가 자기 아니라고 하니까 우리 반 다른 남자애를 지목하더라고. 그런데 걔가 아니라고 길길이 날뛰는 거야. 아무래도 그 멜론우유도 주은빈 자작극인 거 같아."

지세영은 '우리 반 남자애'인 내가 같은 학원에 있는 걸 모르는지 멜론우유 이야기까지 꺼냈다. 그런데 그건 주은빈의 거짓말이 아니다. 진이 매일 가져다 놓은 거였으니까. 내가 끼어들어 그걸 말할 수는 없었다. 지세영의 수다는 수업이 시작되고서야 멈추었다.

어제 일을 떠올리며 주은빈 자리 쪽을 바라봤다. 주은빈은 귀에 이어폰을 꽂은 채 교과서인지 뭔지 모르겠지만 하여튼 책을 보고 있었다. 주은빈은 정말로 거짓말을 그렇게 많이 한 걸까? 주은빈과 친했던 아이들은 다시는 주은빈과 놀지 않을 생각인 걸까?

점심시간이 되어 진과 함께 밥을 먹으러 갔다.

"반찬 다 떨어진 거 아냐?"

진이 걱정했다. 진이 4교시 수행 평가 과제를 늦게 끝내, 우리는 점심시간이 시작한 지 10분이 훌쩍 넘어서야 급식실로 갔다. 진은 글쓰기 과제나 수학 문제 풀이를 자주 제시간에 끝내지 못한다. 수업 시간에 자거나 딴짓을 하는 건 아니다. 하지만 진은 자기도 모르게 멍하니 있는 경우가 있다고 했다. 나도 가끔 진이 무슨 생각을 하는지 모를 때가 있는데 바로 그런 때인 것 같았다.

진은 먼저 가라고 했지만 난 기다렸다. 1학기 때는 급식실에서 혼자 밥을 먹었고 진도 그랬다. 2학기가 되면서 나와 진은 같이 밥을 먹고 있다. 이럴 줄 알았으면 진작 진과 같이 밥을 먹을 걸 그랬다. 혼자 먹을 때는 밥을 거의 남겼다. 친구 없이 혼자 밥을 먹는 게 왠지 창피해서 배가 안 고플 정도만 얼른 먹고 나왔다. 하지만 이제는 아니다.

우리가 급식실에 도착했을 때는 이미 많은 아이들이 다 먹고 나가는 중이었다. 나와 진은 배식을 받은 후 자리를 찾아 앉았다. 빈자리는 아주 많았다. 점심시간이 시작되자마자 오면 앉을 자리 찾는 것도 일이었다.

밥을 거의 다 먹었을 때 때쯤 주은빈이 혼자 급식실로 들어오는 게 보였다. 주은빈은 일부러 이 시간에 밥을 먹으러 오는 건가?

주은빈이 우리가 앉은 쪽과 아주 멀리에 자리를 잡고 앉았다. 진도 주은빈이 들어오는 걸 봤다.

"뭐 자업자득이네. 그렇게 너 괴롭히더니만."

진이 주은빈이 있는 쪽을 쓰윽 한번 바라보더니 말했다. 나는 물끄러미 주은빈을 봤다. 주은빈은 귀에 이어폰을 꽂은 채 밥을 먹고 있다. 요즘은 수업 시간을 제외하고 항상 저렇게 이어폰을 꽂고 있다. 이어폰에 음악이 나오기는 하는 건지 모르겠다. 주은빈이 엄청 밉긴 미웠다. 그래도 내가 바란 건 주은빈의 불행은 아니었는데.

진이 잔반을 정리한 후 식탁에서 일어났고 나도 진을 따라 일어났다.

수업이 끝났다. 오늘은 7교시까지 있는 날이라 다른 날보다 조금 더 피곤하다.

진과 함께 교실에서 나왔다. 진과 나는 다니는 학원이 같은 건물, 같은 층이라 자연스레 같이 간다. 뒤에서 우르르 아이들이 몰려오는 소리가 들렸다. 누군가 봤더니 박윤수와 남자아이들이었다. 그 아이들이 너무 빨리 가 버려 복도에는 우리만 남았다.

계단을 내려가며 진에게 물었다.

"근데 넌 왜 박윤수 싫어하는 거야? 애들은 다 박윤수 좋아하잖아."

지난번부터 궁금하던 거였다. 진은 대답하는 대신 오히려 내게 물었다.

"너도 박윤수 좋아해?"

"나는 그냥 그래. 좋지도 않고 싫지도 않아."

나는 솔직하게 대답했다.

"어, 나 예전에 박윤수랑 친했어. 아니, 나만 친했다고 생각했는지도 모르겠다."

진은 쓸쓸하게 웃으며 예전에 박윤수와 있었던 일을 들려주기 시작했다.

"나 4학년 때 전학 왔거든. 신호수 초등학교는 그때 막 생겨서, 다들 비슷하게 전학 왔어. 처음 친해진 게 박윤수야. 같은 반은 아닌데 어떻게 친해졌더라. ……맞다. 같은 수영학원 다녔어. 수영 다니면서 친해졌어."

박윤수와 진이 친했다니 전혀 몰랐다.

"내가 초등학교 때 연산 실수도 많이 하고 자꾸 덤벙거려서 병원에서 수업을 받았거든. 박윤수랑은 친해서 박윤수한테만 그걸 말했어. 하루는 도서관에서 방과 후 수업을 기다리는데. 박윤수가 나를 도와주겠다면서 나한테 덧셈이랑 뺄셈 같은 연산 문제를 내는 거야. 그다음에는 박윤수가 도서관에 있던 다른 애들도 부르더라고. 나한테 수학 문제를 내보라고. 다섯 명인가? 애들이 돌아가면서 나한테 문제를 냈어. 4학년 수준 문제도 있었고 아닌 것도 있었어. 하기 싫었는데 시키니까 나도 모르게 대답하게 되더라고. 내가 틀리면 어떻게 4학년이 그것도 모르냐며 비웃었어. 아이큐 10 아니냐고도 했고."

"그래서 어떻게 했어?"

진은 뭔가 부끄럽고 창피하다는 생각이 들어 부모님한테 그 일을 곧바로 말하지 못했다. 하지만 어떻게 알았는지 엄마가 학교에서 무슨 일이 있었느냐고 물었고 그제야 엄마한테 도서관에서 있었던 일을 털어놓았다.

"어, 어. 우리 반 담임 선생님이 옆 반 선생님들한테 말해서 박윤수랑, 나한테 문제 낸 다른 아이들을 모두 불러 모았어. 그리고 친구끼리 그렇게 문제 풀라고 시키는 건 절대 안 된다고, 나한테 사과하라고 했어."

"그랬더니?"

"당연히 미안하다고 하지. 그 이후로 박윤수가 나한테 말을 안 걸더라고."

"그랬구나."

"근데 나는 박윤수랑 놀고 싶었어. 나, 좀 바보 같지?"

"아니, 전혀."

진은 초등학교 때 박윤수와 같은 반이 된 적이 한 번도 없다가 중학생이 되면서 처음 같은 반이 되었다고 했다. 싫어하는 사람과 같은 공간에 있는 건 너무 괴로운 일일 텐데. 주은빈 덕분인지 때문인지, 나도 경험해 봐서 잘 안다.

학원 건물 앞에 도착했는데 수업 시작까지 조금 시간이 남았다.

"버블티 먹을래? 내가 살게."

카페를 가리키며 내가 물었다. 진이 싫다고 했다. 아직 버블티를 같이 먹을 정도는 아닌 걸까. 괜히 물어봤나 싶었는데 진이 말했다.

"어, 난 슬러시 먹고 싶은데."

"그럼 슬러시 먹으면 되지."

카페로 가서 난 슬러시 두 잔을 주문했다.

학원 숙제가 너무 많다. 학교는 숙제가 없는데 학원은 매일 숙제가 있다. 여러 번 샤프를 눌렀지만 샤프심이 나오지 않았다. 뚜껑을 열어 보니 샤프심이 하나도 없어서 책상 서랍을 열었다. 샤프심이 어디 있더라.

세 번째 서랍을 열었는데 아빠의 편지가 눈에 띄었다. 여름 방학 중 어느 날, 학원에 다녀왔는데 책상 위에 이 편지가 놓여 있었다. 나는 빨간 체크무늬 봉투를 꺼내 다시 펼쳐 읽었다.

사랑하는 아들 하민에게

하민아, 중학교 생활이 쉽지 않지? 초등학교 졸업하고 새롭게 중학교에 다니는 것도 어려울 텐데, 이사까지 와서 더 힘든 점이 많을 것 같아. 아빠는 그것도 모르고 너한테 꼰대 같은 소리나 하고 말이야. 아빠의 삶이, 아빠의 말이 정답인 것처럼 이야기하면 안 되는 건데 말이야. 아빠가 제일 싫어하는 게 꼰대인데……. 나이가 드니까 아빠도 그렇게 된 것 같아. 앞으로 더 조심할게.

아빠가 대학생 때 식당에서 고기 굽는 알바를 했어. 그때 사장님이 알바생들한테 자주 한 말 중에 하나가 "주인의식을 가지고 일하라"는 거였어. 참 말도 안 되지 뭐야. 알바생끼리 모여 사장님이 꼰대라고 뭐라고 했어. 우리가 주인이 아닌데 어떻게 주인의 마음으로 일해? 알바생들은 다들 한 귀로 듣고 한 귀로 흘렸지. 주인의식은 오직 주인만 가질 수 있는 거잖아.

그런데 하민아. 너는 네 주인이야. 너만 너의 주인이야. 그러니까 주인의식을 가지고 살아갔으면 좋겠어. 다른 사람에게 너의 주인이 되어 달라고 해서도 안 되고, 누군가가 너의 주인 노릇을 하려고 하면 못 하게 해야지.

돌이켜 보면 아빠도 키가 작아 속상하고 원망스러울 때도 많았어. 그런데 내가 화를 낸다고 상황이 바뀌지는 않더라고. 키가 작으면 불리한 일도 많아. 하지만 불리하지 않은 일까지 불리하게 만들면 안 되잖아. 키가 작다는 이유로 키랑 상관없는 일에까지 방해가 되게 만들면 안 된다고 생각했어. 그래서 '키가 작은 건 작은 거고' 하고 생각했더니 나중엔 작은 게 큰 문제가 되지 않더라. 키가 작은 나를 누가 좋아하겠어? 생각하면 위축될 수밖에 없어. 하지만 사람이 사람을 좋아할 때 키만 중요한 게 아니잖아. 키는 작지만 나에게 다른 장점이 많다는 걸 알고 나니까, 내가 내 인생 전부를 마이너스로 만들지는 않더라.

하민아, 너는 상황을 긍정적으로 여기고 세상을 다정하게 보는 귀한 장점을 가지고 있어. 너의 장점을 잊지 않았으면 좋겠어.

참견과 조언의 차이가 있대. 참견은 들었을 때 기분 나쁜 거고, 조언은 들었을 때 곰곰이 생각해 볼 수 있는 거래. 아빠와 엄마는 너와 하랑에게 조언을 해 주는 부모이고 싶어. 언제든 조언이나 도움이 필요하면 말하렴. 그래서 아빠와 엄마가 있는 거란다.

오늘도 사랑해, 하민아.

아빠에게 긴 편지를 받은 건 오랜만이었다. 아빠는 포스트잇에 짧게 메모를 남기는 걸 좋아하고 자주 한다. 반찬통 위에, 식탁 위에, 방문 곳곳에 아빠가 가족들에게 남기는 메시지가 있다.

'냉장고에 딸기 케이크 사다 놨음. 맛있게 먹길~.'

'나갈 때 꼭 전등 다 껐는지 확인할 것. 오늘도 파이팅!'

'오늘 비 온다니 다들 우산 꼭 챙겨. 비처럼 촉촉한 하루.'

연애할 때도 엄마는 편지 쓰는 걸 귀찮아했지만 아빠는 좋아했다고 했다. 나와 하랑의 책상 서랍에도 아빠가 쓴 편지가 꽤 많다.

나는 다시 편지를 접어 아빠 편지를 모아 둔 곳에 넣었다. 나는 조금씩 노력 중이다. 나를 좋아하는 건 당장은 쉽지 않지만 최소한 미워하고 싶지만은 않다. 나만큼은 나를 지킬 거다.

．

10. 어쩌다 셋

1학년 2학기는 자유학기제 때문에 수업 내용이 조금 달라졌다. 4교시까지는 1학기와 똑같은 과목을 배우지만 오후 수업은 주제 선택 활동, 예술 체육 활동, 동아리 활동, 진로 탐색 활동을 한다. 그래서 한 반이 같은 수업을 듣는 게 아니라 선택 활동에 따라 교실을 옮긴다.

난 주제 선택 활동 중에 '환경 보호 및 업사이클링 프로젝트'에 관심이 갔다. 진은 왜 기차와 관련된 수업이 없냐며 아쉬워했다. 진이 무얼 할지 몰라 하기에 나와 같이 환경 보호 수업을 듣자고 했다. 앞으로 철도 산업이 더 활성화되어야 하는 이유도 환경 보호와 관련되지 않느냐고 말하니 "그런가?” 하고 반응을 보였다.

주제 선택 활동은 일주일에 두 번 두 시간씩 하는데, 월요일과 수요일 5, 6교시에 진행된다. 월요일 5교시에 나와 진은 환경 보호 수업을 하는 1학년 1반 교실로 갔다. 환경 보호 수업 담당은 내가 좋아하는 도덕 선생님이었다. 선생님이 먼저 와 계셨고 나와 진은 고개를 숙여 인사했다. 개학 날, 복도에서 도덕 선생님을 만났다. 선생님에게 소은이 잘 지내느냐고 물으니, 방학 내내 뛰어다니느라 정신없었다고 했다. 다행이었다.

환경 보호 수업을 신청한 아이들이 별로 없는 것 같았다. 교실에 빈자리가 많았다.

선생님이 먼저 출석을 불렀다. 1학년 1반부터 불러 10반인 나와 진은 마지막 순서였다.

“1학년 10반 도하민.”

손을 들어 대답했다. 그다음은 선우진이 마지막일 줄 알았는데 선생님이 한 명을 더 불렀다.

“1학년 10반 주은빈.”

“네.”

소리 나는 곳을 보니 주은빈이 있었다. 교실 뒷문 바로 앞에 있는 끝자리였다. 주은빈도 환경 보호에 관심이 있었나?

눈으로 아이들을 세어 보니 열다섯 명밖에 되지 않았다. 그 중에 우리 반이 세 명이나 되었다.

"우리 효율적으로 좀 중간에 모여 앉을까?"

선생님은 앞쪽과 중간 쪽으로 모여 앉으라고 했다. 아이들이 멀뚱멀뚱 가만히 있으니 선생님은 한 명 한 명 가리키며 중간 자리로 오라고 했다.

"되도록 같은 반끼리 앉으면 좋을 것 같은데. 은빈이 10반이지? 여기 너희 반 아이들 있다. 이리로 올래?"

주은빈이 나와 진이 있는 쪽으로 왔다. 내 앞자리가 마침 비어 있었다. 열다섯 명이 중간에 모였다.

"그래. 다들 고마워."

선생님이 전자 칠판에 사진 하나를 띄웠는데 쓰레기로 가득 찬 지구의 모습이었다. 3D 사진으로 한 바퀴를 돌렸는데 어디에도 인간은 없었다. 설마 지금 모습인가? 놀랐는데 선생님은 현재 속도로 쓰레기가 늘어난다고 가정했을 때 100년 후 지구의 모습이라고 했다. 그 말에 조금 안심이 되긴 했다.

난 환경 보호에 관심이 있긴 하지만 100년 후를 생각하라는 말은 사실 잘 와닿지 않는다. 당장 나의 5년 후도 상상하기 어려운데 100년 후라니. 멀어도 너무 멀었다. 다만 나는 지금 내가 사는 세상이 조금 더 깨끗해지기를 바랄 뿐이다. 이기적이지만 나를 위해서 지구가 깨끗해졌으면 좋겠다.

선생님이 준비한 사진을 보고도 아이들은 별로 반응이 없었다.

"이제 나는 쓰레기 선생님 할 거다."

쓰레기 선생님이라니? 다른 사람도 아닌 도덕 선생님이 쓰레기 선생님이 되겠다니? 우리가 너무 반응을 보이지 않자 선생님이 화가 나신 건가?

선생님은 지구 사진들을 닫고 인터넷 영상 사이트로 들어갔다.

잠시 후 영상이 재생되었다. 쓰레기를 줍는 나이 든 배우의 영상이었다. 몇몇 아이들이 본 적이 있다고 말했다. 나도 쇼츠 영상으로 본 적이 있다. 저 배우 아저씨는 쓰레기를 주우러 여기저기 다닌다. 왜 줍냐고 물어보니 "내가 줍는다고 지구 위 쓰레기가 다 사라지진 않겠지만 조금은 줄어들겠죠."라고 담담하게 말했다.

선생님은 5분 정도 보여 준 후 영상을 껐다.

"이건 비밀인데. 사실 내가 저 배우의 동생이야. 얼굴이 좀 닮지 않았니?"

선생님의 농담에 아이들이 웃었고 선생님도 씨익 웃었다.

"앞으로 이 수업 시간에는 나를 쓰레기 선생님, 줄여서 쓰생님이라고 부르렴. 쓰생님이라고 불리면 나도 정신 차리고 쓰레기를 덜 배출할 거 같거든."

선생님은 앞으로 수업 시간에 배울 내용을 적은 프린트물을 나눠 주었다. 죽 살펴보니 조별 수행 평가가 있었다.

수업이 끝난 후 1반 교실에서 짐을 챙겨 나왔다. 종례가 있어서 우리 교실로 돌아가야 한다. 그런데 진이 선생님의 형이 배우인 줄 몰랐다며 놀랐다고 했다.

"진아, 그거 선생님이 장난치신 거야."

"진짜? 그걸 어떻게 알아? 선생님이 장난이라고 말씀하셨어?"

"아니. 그건 아닌데."

진은 가끔 농담과 진담을 구분하지 못한다. 지난번에 수학 선생님이 키위새는 키위를 낳는다고 했는데, 진은 꽤 오래 그걸 진짜라고 믿었다. 나는 선생님과 배우의 성이 다르고 선생님이 농담하듯 웃으며 말했다는 걸 짚어 주었다.

"아, 맞네."

진이 멋쩍은 듯 웃었다. 그러면서도 진짜로 배우와 선생님이 형제가 아닌 게 맞느냐고 다시 한번 물었다.

앞에 주은빈이 걸어가는 게 보였다. 아까 수업이 끝나자마자 총알처럼 튀어 나가기에 어딜 급하게 가나 했는데 아니었나? 주은빈은 귀에 이어폰을 꽂은 채였다. 고개를 숙이고 어깨는 축 늘어져 있다.

우리 반 교실 앞에 주은빈이 멈춰 섰다. 주은빈은 바로 문을 열지 않고 가만히 서 있었다. 온몸이 간신히 울음을 참고 있는 것처럼 보였다. 주은빈은 숨을 길게 한 번 내쉰 후 뒷문 손잡이를 잡았다. 1학기 때 내 뒷모습도 저렇게 무거워 보였을까. 저렇게 힘겨워 보였을까.

종례가 끝난 후 가방을 챙기며 주은빈 자리를 봤다. 주은빈은 언제 나갔는지 교실에 없었다. 집에 가는 길에도 고개를 숙이고 있을까. 자꾸만 주은빈의 뒷모습이 나를 따라다녔다.

다음 날 점심시간, 나와 진은 교실에서 좀 머물다가 급식실로 갔다. 점심시간이 시작되자마자 가면 아이들이 한꺼번에 몰려 줄을 한참 서야 하는데, 10분만 늦게 가도 확실히 여유가 있었다. 10분이면 밥을 일찍 먹는 아이들이 다 먹고도 남을 시간이라 자리도 많았다.

오늘 반찬은 제육볶음과 연근 튀김, 콩나물국, 콩자반이다. 난 콩자반을 먹지 않지만 그냥 받았다. 진이 콩을 좋아하

기 때문이다. 진과 밥을 먹기 전에는 콩을 받지 않았지만 이
제는 진을 주면 된다.

배식대와 가까운 빈자리에 앉으려고 했는데 조리사 선생
님이 식탁을 닦아야 한다며 식수대 쪽에 앉으라고 했다. 거
기 주은빈이 혼자 밥을 먹고 있었다. 내키지 않았지만 주은
빈이 있는 쪽으로 갔다. 소독약을 뿌리지 않은 식탁은 주은
빈이 앉은 식탁밖에 없었다.

하는 수 없이 주은빈과 한 칸 떨어진 자리에 앉았다. 주은
빈이 우리를 힐끔 봤다. 주은빈은 아무 말 하지 않았지만 눈
을 보니 괜히 무서워 내가 말했다.

"아, 저기는 조리사 선생님들이 치운다고 앉지 말라고 해
서."

근데 내 말을 듣긴 한 걸까? 주은빈은 귀에 이어폰을 꽂은
상태였다. 어쨌든 주은빈이 다시 고개를 숙여 밥을 먹기 시
작했다.

나는 아직 쓰지 않은 새 숟가락으로 내 식판에 있는 콩자
반을 진의 식판에 옮겼다. 진의 콩이 점점 불어났다. 진은 가
장 먼저 콩자반을 젓가락으로 들어 꼭꼭 씹어 먹었다.

"근데 콩이 맛있어? 난 너무 딱딱해서 별론데."

"어, 나도 원래 콩 안 좋아했어."

"근데 어쩌다 좋아하게 된 거야?"

나는 콩나물국에서 콩나물을 건져 제육볶음과 함께 먹으며 물었다.

"〈잭과 콩나무〉 때문에. 그 이야기에서 콩이 엄청 대단하잖아."

진의 말이 잘 이해가 가지 않았다. 〈잭과 콩나무〉에서 콩 때문에 일이 생기긴 한다. 그런데 대단할 것까지야? 혹시 내가 모르는 이야기가 있었던 걸까? 콩을 먹어 건강해졌다거나 하는? 그런 내용은 없었던 것 같은데. 진은 가끔 알다가도 모르겠다.

"내 콩나물 먹을래? 난 콩나물은 안 먹어."

진이 콩나물국을 가리키며 물었다. 진은 국물만 먹고 건더기인 콩나물은 먹지 않는다고 했다. 콩은 좋아하는데 콩나물을 싫어한다니. 어쨌든 나는 콩나물을 좋아하기에 진의 국에 있는 콩나물을 건져 내 그릇으로 옮겼다.

"콩나물은 왜 안 먹는데?"

"어, 그게 말이야. 내가 초등학교 3학년 때였어."

진은 이야기를 꺼냈다가 갑자기 무언가 생각났는지 그건 밥 먹으면서 할 수 있는 얘기가 아니라고 했다. 나는 다음에 이야기해 달라고 했다.

대신 진은 젓가락으로 연근튀김을 집으며 연근 이야기를 했다.

"연근에 있는 이 구멍 있잖아. 나는 이거 사람이 일부러 뚫는 건 줄 알았어."

"왜?"

도대체 그걸 누가 일일이 뚫고 있단 말인가.

"구멍 뚫린 채소가 없잖아. 감자도 당근도 다 꽉 차 있잖아."

듣고 보니 그렇긴 했다. 진은 연근이 아주 손이 많이 가는 식재료라고 여겼다. 그래서 엄마한테 구멍 뚫지 말고 그냥 달라고 하니, 엄마는 원래 연근이 이렇게 생긴 거라고 알려주었단다.

"원래부터 바람구멍이 숭숭 뚫렸다니. 사실 아직도 믿을 수가 없어."

나는 연근을 젓가락으로 들어 한참 바라봤다. 어쩌면 진의 말대로 누가 뚫는 게 아닐까? 밭에서 막 캔 연근을 나도 본 적이 없긴 하다.

"구멍 난 다른 채소는 없나?"

"없을걸?"

진과 나는 한참을 연근처럼 구멍 난 채소가 또 있는지 생각해 봤지만 없었다.

"참, 나 어제 뉴스에서 봤는데 앞으로 서울에서 부산을 20분 만에 갈 수 있는 열차가 나온다고 하던데?"

어제 엄마와 아빠가 보던 뉴스에 나왔는데 나는 앞부분만 듣고 방으로 들어와 무슨 내용인지 자세히는 듣지 못했다. 진은 그게 뭔지 잘 알 것 같아서 물었다.

"아, 그건 하이퍼튜브라는 거야. 진공에 가까운 튜브관을 만들어서 자기부상 기술로 하는 거야. 비행기가 시속 900킬로미터인데, 하이퍼튜브는 1200킬로미터래."

"그게 정말로 가능해?"

상상이 가지 않았다. 비행기보다 빠른 열차가 있을 수 있는 걸까? 진의 말에 따르면 하이퍼튜브는 아직 외국에서도 성공하지 못해 개발 중이다. 진은 하이퍼튜브가 성공할 수 있을 거라고 자신했다.

"KTX 만들어지기 전에도 다들 불가능하다고 했어. 그런데 지금은 아니잖아."

그러고 보면 자동차도, 비행기도 다 말도 안 된다고 생각한 시기가 있었을 거였다. 나와 하랑은 스마트폰이 조금도 신기하지 않은데 엄마와 아빠는 어렸을 땐 이런 세상이 올 줄 상상도 못 했다며 옛날 사람 같은 소리를 했다. 뭐 엄마,

아빠는 옛날 사람이 맞긴 하다.

진이 하이퍼튜브에 대해 더 설명해 주었는데 어려워서 거의 알아듣지 못했다. 기차 이야기를 할 때 진은 가장 자신감이 넘쳤다.

"너 진짜 열차에 대해 많이 안다. 나중에 열차 관련 일 하면 되겠어."

진만큼 기차에 대해 많이 아는 사람은 만난 적이 없고 앞으로도 그럴 것 같다. 진의 기차 사랑은 정말 대단하다. 그런데 진이 고개를 저었다.

"일할 생각은 없는데?"

"왜?"

"아이돌 좋아한다고 아이돌 되는 거 아니잖아."

"아, 그렇긴 하네."

옆에 있던 주은빈이 쿡, 하고 웃었다. 이어폰으로 뭐 재밌는 거라도 듣나 보다. 주은빈은 밥을 다 먹었는지 식판을 정리한 후 휴대폰을 챙겨 들고 일어났다.

나와 진이 밥을 거의 다 먹어 갈 때쯤 영양사 선생님이 반찬이 많이 남았다며 더 먹겠느냐고 물었다. 점심시간도 남았고 해서 나와 진은 반찬 리필을 받기 위해 식판을 들고 배식대로 갔다.

11。 같이 할래?

쓰생님이 과제를 내 주셨다. (도덕 시간에는 그냥 선생님이지만, 환경 수업 때는 쓰생님이라고 부를 거다.) 환경 보호 수업은 지식만 채우는 게 중요한 게 아니라며, 각자 한 학기 동안 환경 보호를 실천한 뒤 학기 말에 그걸 발표하기로 했다.

"세상을 바꾸는 건 다수가 아니야. 마찬가지로 세상을 망치는 것도 다수가 아니란다. 나 하나쯤이야, 하고 생각하면 안 돼. 한 명 한 명이 모이면 결국 세상이 되거든."

쓰생님은 과제를 혼자 해도 되고 여러 명이 조를 짜서 해도 된다고 했다. 오늘은 과제 계획을 세우라며 시간을 주었다. 난 옆자리에 앉은 진에게 같이 하자고 했고 진이 그러자고 했다. 대부분 같은 반 아이들끼리 조를 짜서 하는 분위기였다. 같은 반인 주은빈에게 물어보지 않을 수는 없었다. 주은빈은 나와 진 앞에 앉아 있기도 했다. 예의상 주은빈을 불렀다.

"너도 같이 할래?"

"됐거든."

휴우. 다행이다.

진과 둘이 무얼 하면 좋겠냐고 이야기를 나누고 있는데 갑자기 주은빈이 우리 쪽으로 몸을 돌렸다.

"너희, 뭐 할 건데?"

당황한 난 이제 생각해 봐야 한다고 대답했다. 진과 나는 서로를 보며 어떻게 해야 하느냐고 눈짓을 주고받았다.

침묵, 침묵, 침묵. 나도, 진도, 주은빈도 말이 없었다. 나는 주은빈의 눈치를 봤다. 우리와 같이 할 생각인가? 진은 딴 곳을 보고 있고 주은빈은 노트에 낙서를 하고 있다. 내가 같이 하자고 했으니 뭐라도 말해야 할 것 같았다.

"우리 수업 주제가 환경 보호 및 리사이클이잖아. 재활용하는 방법 뭐 없을까?"

진이 "음, 재활용이라." 하고 중얼거렸고 주은빈은 노트에 '재활용, 리사이클'이라고 적었다.

“어, 그럼 쓰레기를 재활용해서 뭘 만들까?”

진이 의견을 내놓았다.

“폐기름으로 비누 만드는 것도 있었고. 종이 가방으로 다회용 가방 만드는 것도 있고. 또 뭐가 있더라?”

당장 떠오르는 것들을 말해 보았지만 정말 실천할 수 있을지는 나도 모르겠다. 쓰생님은 다음 주까지 계획서를 제출하면 된다고 했다.

수업이 끝나고 주은빈이 먼저 가 버렸다.

“주은빈 정말 우리랑 같이 하려는 건가?”

내 물음에 진은 그럴 거 같다고 했다. 난 그냥 예의상 물어본 건데.

“근데 진이 너, 주은빈이랑 같이 하는 거 괜찮아?”

생각해 보니 나는 진에게 허락도 구하지 않고 주은빈에게 같이 조를 짜자고 했다.

“음, 좀 무섭긴 한데.”

“왜? 너 주은빈 좋아했잖아.”

진의 귀 쪽에 대고 작게 말했는데 진이 “야!” 하고 버럭 소리를 질렀다. 진이 주변을 둘러봤다. 아무도 없었다.

“그거 다 옛날 일이라고. 지금은 절대 아니라고.”

진이 몸서리를 치며 말했다. 반응을 보니 진심인 것 같았다. 진은 자기가 '걔'를(주은빈을 말하는 것 같았다.) 좋아했다는 것도 '그걸'(이건 아마 멜론우유일 거다.) 가져다주었다는 것도 모두 무덤까지 가져가야 한다고 신신당부했다.

"근데 넌? 괜찮아?"

이번에는 진이 내게 물었다. 나는 괜찮다고 했다. 1학기 때만큼 주은빈이 싫거나 무섭지 않다. 더 이상 나를 째려보지도 놀리지도 않으니까. 지금 주은빈이 그럴 처지가 아니기도 했다. 무엇보다도, 주은빈을 혼자 두면 찜찜할 것 같다. 찜찜한 건 딱 질색이다.

엄마와 아빠가 둘 다 늦는다며 음식을 배달시켜 주겠다고 했다. 나와 하랑은 각자 방에서 무얼 먹겠냐며 메시지를 주고받았다. 여름 방학 이후로 하랑도 자기 방에서 잘 나오지 않는다. 우리는 말로 대화하는 것보다 휴대폰 메시지를 더 많이 활용한다. 나는 치킨을 먹고 싶었지만 하랑은 족발을 먹고 싶다고 했다. 그럼 나는 족발을 먹겠다고 했다.

배달 도착을 알리는 초인종이 울려서야 하랑과 난 방에서 나왔다. 현관문을 열어 배달원이 문 앞에 두고 간 봉지를 들고 주방으로 왔다.

봉지에서 족발을 꺼내 비닐을 뜯은 후 식탁에 펼쳤다. 족

밥을 먹으며 하랑은 계속 휴대폰을 보고 있었다. "참 나."라거나 "헐."이라고 말을 하기도 하고 메시지를 보내는지 화면을 두드리기도 했다.

"둘 중 하나만 해. 밥 먹을 거면 밥만 먹고. 휴대폰 보려면 휴대폰만 봐."

하랑은 중요한 거라 어쩔 수 없다고 했다. 우리 가족은 식사 시간에 휴대폰 보기 금지다. 어릴 때 세운 규칙이라 다들 잘 지킨다. 하랑도 엄마와 아빠가 같이 있었으면 저렇게 휴대폰을 보면서 밥을 먹진 못했을 거다. 나도 휴대폰을 가져와서 할까 하다가 그만두었다. 연락 올 데도 없다.

"아니. 우리 담임 선생님 때문에."

"담임 선생님이 왜?"

"연애 금지령을 내렸거든. 이게 말이 돼?"

하랑이 젓가락을 손에 꼭 쥔 채 씩씩댔다. 도대체 하랑네 반 아이들이 연애를 얼마나 많이 했기에 금지령까지 내린 걸까.

"너도 사귀었어?"

고기를 새우젓에 찍으며 하랑에게 슬쩍 물었다.

"아, 몰라."

모른다는 건 사귀었다는, 혹은 지금도 사귄다는 뜻이다.

작년까지는 남자아이들이랑은 다 수준이 안 맞니 어쩌니 했던 것 같은데 올해 하랑은 그런 말을 하지 않았다.

"오빠네 반도 그런 규칙 있어?"

"아니, 없는데. 초등학생들, 너무 금방 사귀고 금방 헤어지긴 하잖아. 그래서 너희 담임 선생님이 그러셨겠지."

사귀다 헤어지면 사이가 나빠져 으르렁대는 게 문제였다. 5학년 때 우리 반이 그랬다. 내 여친이 친구의 전 여친이었고, 친구의 전 여친이 또 내 여친이고…… 좀 복잡했다.

"뭐야? 중학생은 뭐 달라? 겨우 한 살밖에 안 많으면서."

하랑이 기분 나쁘다는 듯 입을 비죽거렸다.

"다르지."

"그럼 중학생들의 연애는 어떤데?"

하랑의 질문에 할 말이 없었다. 나도 아직 안 해 봐서 모른다. 우리 반에 공식 커플은 없다. 사실 있지만 초등학생 때처럼 요란하게 사귀는 걸 알리지 않아서 내가 모르는지도.

"뭘 그렇게 대놓고 사귀냐. 그러니까 담임 선생님이 금지령까지 내리지."

물을 마시며 내가 말했다. 이게 바로 초등과 중등 연애의 차이 아닐까? 중학생들은 사귀어도 안 사귀는 척하지만, 초등학생은 사귀면 전교에 다 소문을 내고 다닌다. 초등학생 때는 사귄다고 해서 특별한 걸 하지 않는다. 그냥 우리 커플이다, 하고 선언하는 게 큰 이벤트였다. 커플이면 서로 놀리지 않거나 조금 더 챙겨 주는 정도? 나도 중학생의 연애가 궁금하긴 하다. 초등학생 때와 다를까. 하랑의 말대로 고작 한 살 더 많아졌다고 뭐가 달라질까. 초등학교에 다니는 하랑을 보면 나도 모르게 속으로 '좋을 때다' 생각한다. 중학생의 세계는 초등학생의 세계와 다르다. 어른들은 뭉뚱그려 초등이나 중등이나, 할지 모르지만 엄연히 다르니까 초등학교, 중학교가 구분되어 있는 거겠지. 어른의 1년과 우리의 1년을 비교할 수는 없다.

하랑이 먹는 속도가 느렸고 나도 덩달아 천천히 먹다 보니 족발이 거의 줄지 않았다.

"얼른 먹자. 다 식겠다."

"오빠, 원래 족발은 식어야 더 맛있어."

하랑은 그것도 모르냐며 내 말은 귓등으로 듣는 듯 계속 휴대폰을 보며 먹었다.

식사를 마치고 식탁을 정리하는데 족발이 들어 있는 용기뿐만 아니라 김치와 물김치, 장과 새우젓이 든 용기까지 일회용기가 꽤 많았다. 겨우 한 끼 식사에 이렇게 쓰레기가 많이 나오다니. 재활용을 하려면 최대한 깨끗하게 씻어서 버려야 한다. 나는 싱크대에서 용기에 묻은 양념을 씻은 후 뒤집어 말렸다. 하랑에게 같이 좀 하자고 했더니만 자기는 아이들과 대책 회의를 해야 한다며(아니, 어떻게 대책을 세우겠다는 건지 도통 이해가 안 간다.) 방으로 쏙 들어가 버렸다.

결국 나 혼자 정리를 다 한 후 방으로 들어왔다.

휴대폰을 열어 보니 모르는 사람에게서 메시지가 와 있었다. 나와 진이 초대된 메시지 톡이었는데, 누군지 모르는 상대가 인터넷 링크만 달랑 보냈다. 스팸 메시지인 것 같아 무시하고 대화방을 나왔는데 다시 그 방에 초대되었다.

-왜 나가? 내가 보낸 거 봤어?

난 '누구세요?' 하고 답을 보냈다.

-나, 주은빈.

아, 주은빈이구나. 번호가 저장되어 있지 않고 프로필 이름도 달라서 몰랐다. 애는 우리 번호를 어떻게 안 거지? 주은빈에게 내 번호를 가르쳐 준 적이 없다. 그건 진도 마찬가지인 것 같았다. 진이 나와 자기 번호를 어떻게 알았느냐고 물으니, 주은빈은 우리 반 단체방에 있지 않냐고 했다. 아, 그걸 생각 못 했다.

주은빈이 보낸 링크를 클릭해 보니 재활용 정보와 관련된 사이트가 나왔다. 주은빈이 별로 과제에 관심 없을 줄 알았는데 아니었나 보다. 나는 참고하겠다고 답을 보냈다.

주은빈과 나, 진은 좀 애매한 관계가 되어 버렸다. 급식실에 셋이 같이 가는 건 아닌데 근처에서 밥을 먹는다. 나와 진처럼 주은빈도 점심시간이 시작된 지 10분 정도가 지나서 급식실에 갔다. 그러다 보니 점심시간이 끝나 갈 무렵에는 우리만 남고, 조리사 선생님들이 다른 식탁을 정리하신다. 대놓고 이야기하신 적은 없지만, 왠지 우리가 모여 앉는 게 더 편하실 것만 같은 기분이 들었다. 그걸 뭐라고 설명할 순 없는데, 다른 둘도 나와 비슷한 생각인지 딱히 말 없이도 우리는 최소한 가까이에 앉게 되었다. 나와 진이 주은빈 쪽으로 가서 앉은 적이 대부분이지만 어떤 날은 늦게 온 주은빈이 나와 진 근처에 와서 밥을 먹기도 했다.

오늘 급식실에는 주은빈이 먼저 와 있었고 나와 진은 비어 있는 주은빈 바로 앞자리로 갔다. 항상 옆 식탁에만 앉았지 같은 식탁에 앉는 건 처음이었다. 그런데 오늘은 볼일이 있어서 어쩔 수 없었다.

"우리 환경 수행 평가 있잖아."

난 주은빈 맞은편에 앉으며 말했다. 주은빈이 나와 진을 힐끔 보더니 할 게 생각났냐고 물었다. 내일까지 과제 계획서를 제출해야 해야 하는데, 우리 조는 뭘 할지 아직 정하지 못했다.

"우리 쓰레기 줍는 건 어떨까?"

"쓰레기?"

주은빈이 인상을 찡그렸다.

"어디서 주울 건데?"

진이 물었다. 당장 떠오르는 곳은 없었다. 학교 근처? 오다가다 보니 학교 근처는 깨끗했다.

"아, 호수 공원 어때?"

하랑의 말이 떠올랐다. 하랑은 호수 공원에서 걷기 클럽 활동을 하는데 사람이 많이 오는 주말이면 버려진 일회용 음료 컵이 많다고 했다.

"한 달에 한두 번 정도 호수 공원 나가서 쓰레기를 줍는 거야. 한 시간 동안 얼마나 주울 수 있는지 따져 보는 거야."

우리가 주운 쓰레기를 사진으로 찍어서 기록하면 좋을 것 같았다.

"그래. 환경 보호가 대단한 게 아니니까. 쓰생님이 그랬잖아. 어, 작은 것부터 하면 된다고."

진은 내 의견에 동의했다. 단순하긴 하지만 가장 직접적인 일이기도 했다.

“뭐 괜찮을 거 같네. 그럼 계획서는 내가 쓸게. 너희가 아이디어 냈으니.”

주은빈이 나와 진을 가리키며 말했고, 진이 아이디어는 내가 낸 것이라고 정정했다.

“아, 몰라. 너희 둘 세트잖아.”

그건 맞다. 언젠가부터 진과 나는 세트가 되어 있었다. 진 옆에는 내가, 내 옆에는 진이 있었으니까.

점심을 먹고 교실로 돌아왔는데 지세영과 이지안이 내 자리 쪽으로 왔다. 무슨 일이지? 나는 고개를 올려 둘을 바라봤다.

“도하민, 너 말이야.”

“나 뭐?”

나는 지세영의 다음 말을 기다렸다.

“너, 주은빈 좋아해?”

지세영의 물음에 몇몇 시선이 내게 모이는 걸 느낄 수 있었다.

“그게 왜 궁금한데?”

“요즘 너랑 주은빈이랑 계속 같이 다니니까.”

“진도 같이 다니거든.”

난 뒷자리에 있는 진을 턱짓으로 가리키며 말했다. 아무래도 남자아이들과 여자아이들이 같이 점심을 먹는 경우가 잘 없어서 이상하게 여기는 것 같았다. 지세영과 이지안이 진 쪽을 흘끔 보더니 물었다.

"그럼 너 주은빈 좋아하는 거 아니지?"

"내가 그걸 왜 말해야 하는데?"

대답할 가치도 없었다. 그런데 지세영과 이지안은 내 대답을 기다리고 있었다. 이지안이 지세영의 귀에 대고 작게 말하는 게 들렸다.

"멜론우유, 주은빈 자작극 맞다니까."

에효. 둘이 원하는 대답이 뭔지 알 수 있었다. 애들도 참 피곤하게 산다. 나는 저 아이들이 원하는 대답을 해 주기 싫었다.

"좋아해. 나 주은빈 좋아한다고. 그러니까 너희 주은빈 건드리지 마."

내 대답을 들은 지세영과 이지안은 당황했는지 더는 아무 말 하지 않고 돌아갔다. 아이들이 웅성대는 소리가 들렸다. 그래, 마음대로 생각해라.

뒤에 있는 진이 내 등을 툭툭 쳤다. 돌아보니 자기 휴대폰을 들어 흔들었다. 휴대폰을 보라는 신호 같아 가방에서 휴대폰을 꺼냈다.

-너 주은빈 좋아하는 거 거짓말이지?

-ㅇㅇ 지세영이랑 이지안이 짜증 나서. 근데 어떻게 앎?

-너 거짓말 할 때 오른쪽 눈썹 한쪽만 올라가거든 ㅋㅋ

진이 내가 거짓말을 할 때의 버릇을 알아챘다. 나는 거짓말을 할 때면 나도 모르게 오른쪽 눈썹이 찡긋하고 올라간다. 초등학교 때는 친한 아이들이 그걸 알고 있어서 거짓말하는 게 쉽지 않았다. 피노키오도 아니고 누가 거짓말할 때 그렇게 신체가 변하냐고 아이들이 엄청 놀렸는데. 의식하고 조심해야겠다 마음먹으면 눈썹을 올리지 않을 수 있긴 하다. 이제 진에게 들켰으니 진 앞에서는 다시 조심해야지.

쉬는 시간, 화장실에서 나오다 주은빈을 만났다. 아까 지세영과 이지안이 내게 물을 때 주은빈도 교실에 있었다. 그 대화를 주은빈도 다 들었을 거다. 주은빈이 괜히 오해하도록 두면 안 된다.

"근데 나 말이야."

"알아. 나 안 좋아하는 거."

주은빈은 독심술이라도 하는 걸까. 내가 아직 말하지도 않았는데 하려는 말을 다 알고 있었다.

"오해 안 해. 어쨌든 고마워."

주은빈은 그 말을 남기고는 총총히 나를 앞질러 걸어가
버렸다.

12. 깨진 유리창 붙이기

일요일 오후, 신호수 공원으로 갔다. 진과 주은빈을 공원 입구에서 만나기로 했다.

쓰레기 줍기 활동은 일요일 오후 4시로 정했다. 토요일은 학원 때문에 서로 시간이 맞지 않았고 일요일은 다들 가능했는데, 오후에 쓰레기가 많을 것 같았다. 쓰레기 주울 때 쓸 도구와 쓰레기봉투는 각자 챙겨오기로 했다.

물건을 챙기는데 엄마가 어디를 가느냐고 물었다. 나는 학교 과제라고 짤막하게 대답했다. 무슨 과제냐고 묻기에 "있어, 그런 게." 하고 대꾸했다. 요즘 나도 모르게 엄마와 아빠에게 퉁명스럽게 말이 나왔다. 엄마, 아빠가 좀 귀찮고, 귀찮다고 생각하는 것 자체가 미안하지만 또 귀찮다. 그러면 또 미안해지고. 이 두 마음이 뫼비우스의 띠처럼 돌고 돌고 돈다.

약속 장소에는 주은빈이 먼저 와 있었다. 나는 주은빈 쪽으로 걸어가 살짝 손을 들어 인사했다. 진은 언제 오려나. 주은빈과 단둘이 있으려니 많이 어색했다. 진에게 메시지를 보냈더니 거의 다 왔다고 답이 왔다.

아무 말도 하지 않고 가만히 있으니 불편했다. 뭐라도 말을 해야 했다.

"너도 환경에 관심 많은지 몰랐어."

"아냐. 나 관심 없어. 난 우리 반 애들이 아무도 환경 수업은 안 들을 거 같아서 신청한 거야."

아니, 그럼 '우리 반'에 속하는 나와 진은 뭐가 되는 거지? 물론 주은빈의 말 속 '애들'에 포함된 이들이 누군지 안다.

"미안. 늦었어."

진이 헐레벌떡 뛰어왔다. 우리는 가방에서 가져온 봉투와 집게를 꺼냈다. 주은빈이 목장갑을 나와 진에게 줬다.

"늬들 장갑은 안 가져왔지?"

장갑까지는 생각도 하지 못했다. 주은빈은 쓰레기를 줍다가 손이 더러워지거나 다칠 수도 있다며 끼라고 했다. 나와 진은 주은빈이 하라는 대로 했다. 주은빈은 은근슬쩍 나와 진을 챙겨 준다. 엊그제 학교에서 진이 물통을 깜빡하고 안 가져왔다고 하니, 자기 사물함에서 생수를 꺼내 줬다.

우리는 움직이기 시작했다. 호수 공원을 천천히 한 바퀴 돌면서 쓰레기를 주울 계획이다.

단풍잎이 물들고 날씨가 좋아 호수 공원에는 사람이 많았다. 그리고 그만큼 쓰레기도 많았다. 과자 봉지나 종이봉투는 간간이 떨어져 있었지만 예상대로 일회용 컵이 정말 많았다. 음료를 다 먹은 컵은 줍기만 하면 되는데 얼음이 녹아 물이 차 있는 컵은 따로 분리해야 했다.

왜 쓰레기를 길에 버리고 가는 거지? 호수 공원을 반 바퀴 돌았을 때 그 까닭을 알게 되었다. 공원에는 쓰레기통이 몇 개 없었다. 입구에서부터 걸어오는 동안 쓰레기통을 보지 못했다. 그렇다고 쓰레기를 아무 데나 버린 사람들을 옹호할 수는 없다.

"오, 저기 봐."

진이 가리킨 곳에는 일회용 컵이 왕창 모여 있었다. 얼핏 일회용 컵 수거장으로 보일 정도로 수십 개의 컵이 있었다.

"왜 다들 여기에 버린 거지?"

진이 여기에 쓰레기를 버리라는 표지판이라도 있는 게 아니냐며 주변을 둘러봤다. 하지만 그런 게 있을 리 없었다.

"깨진 유리창 이론 같은 거지."

주은빈이 컵에 남은 음료수를 큰 페트병에 모으며 말했다. 이 페트병도 버려진 걸 주운 거였다.

"그게 뭐야? 깨진 유리창?"

난 은빈에게 물었다.

"유리가 깨진 자동차를 길가에 세워 두면 사람들은 그 차가 버려진 차라고 생각해서 자동차 안의 물품을 가져간대. 자동차를 망가뜨리기도 하고. 쓰레기도 그렇대. 여러 개가 버려져 있으면, 아, 여기는 쓰레기를 버려도 되는 곳이구나, 하고 덩달아 다른 사람들도 버리는 거야."

주은빈이 책에서 봤다며 덧붙였다.

"어, 맞아. 나도 깨끗한 곳에 가면 더 깨끗하게 쓰게 돼. 반대로 더러우면 나도 좀 더럽게 쓰고."

진이 그 이론이 맞는 것 같다고 맞장구쳤다. 사실 나도 그렇다. 깨끗한 곳에서는 내가 더럽히면 안 될 것 같아 더 조심하게 되고, 조금 더러우면 마음 놓고 쓴다.

문득 사람이 사람을 대하는 것도 비슷하다는 생각이 들었다. 누군가 한 사람을 함부로 대하면 다른 사람들도 그 사람을 함부로 대해도 된다고 여긴다. 잘 알지도 못하면서 오해

하고 미워하고 싫어한다. 때론 그 구멍의 시작이 자신일 수도 있다. 내가 나를 막 대하면 다른 사람도 용케 그걸 알고 나를 막 대할지도 모른다. 그래서 아빠가 말한 건가. 주인의식을 가지고 자기 자신을 대하라고?

페트병 두 개가 음료수로 꽉 찼다. 나는 근처 화장실에 가서 버리고 오겠다며 페트병들을 챙겼다. 그런데 진이 같이 가자며 내가 들고 있는 페트병 하나를 빼앗아 들었다.

"왜? 주은빈 아직도 무서워?"

"아니. 둘이 있기 뻘쭘해서."

나는 아까 진이 오기 전에 내가 그랬다며, 다음부터는 둘이 시간을 맞춰 같이 오자고 했다.

우리가 돌아올 때까지 주은빈은 혼자 일회용 컵을 정리하고 있었다. 플라스틱컵과 종이컵은 분리수거가 가능하니까 구분해 봉투에 따로 담았다.

"선우진. 근데 너 왜 콩나물 안 먹어? 나 그거 궁금한데."

은빈이 일회용 컵을 봉투에 넣으며 진에게 물었다. 진은 그걸 어떻게 알았느냐고 깜짝 놀랐다.

"지난번에 네가 점심 먹으면서 그랬잖아. 다음에 이야기해 주겠다고."

주은빈 이어폰에는 음악이 나오지 않는 게 확실했다. 그

동안 점심시간에 우리 이야기를 다 듣고 있었다니.

"어, 그게. 더러운 이야기라서 좀 그런데."

진이 말하는 걸 꺼려 했지만 주은빈이 도대체 이유가 뭐냐고 다시 물었다.

"내가 화장실에서 똥을 싸는데."

"야! 그만해!"

진이 한마디 했을 뿐인데 곧바로 주은빈이 말하지 말라고 했다. 아니, 궁금하다면서 물어 놓고 왜 또 하지 말라는 거야? 내가 뭐냐고 계속 말하라고 하니 주은빈은 고개를 절레절레 저었다. 자긴 듣기 싫다며 쓰레기봉투를 들고 저만치 앞으로 걸어가 버렸다.

"난 얘기해 줘. 이유가 뭐야?"

진이 상세하게 설명했고 나는 그제야 왜 주은빈이 똥이라는 단어를 들었을 때 그만하라고 했는지 알게 되었다. 주은빈은 어떻게 똥만 듣고도 알아차린 거지? 하여튼 괜히 끝까지 들었다. 쓰레기보다 진의 이유가 더 더러웠다.

"그래서 내가 얘기 안 한다고 했잖아."

한 번 구겨진 인상이 펴질 줄을 몰랐다. 왜 상상하기 싫은 건 더 상상이 잘되는 걸까. 앞으로 내가 콩나물을 먹을 수 있을까? 콩나물을 먹을 때마다 진의 말이 떠오를 것 같은 불길

한 예감이 들었다.

호수 공원을 반 바퀴도 돌지 않았지만 벌써 가져온 봉투가 꽉 찼다. 우리는 휴대폰 카메라로 사진을 찍은 후 쓰레기 줍는 데 걸린 시간을 적었다.

중간 통로에 분리수거함이 보였다. 모은 쓰레기를 분류해서 버렸다. 여기까지 걸어오면 쓰레기를 버릴 수 있는데 사람들은 그 전에 쓰레기를 바닥에 버렸다. 입구에서 이곳까지는 30분이 걸린다. 30분을 걷는 내내 어디에도 쓰레기통이 없는 건 문제이긴 했다. 쓰레기를 분류하다 보니 남은 음료수나 과자가 손에 묻었다. 장갑이 있어서 다행이었다. 장갑이 아니었으면 손이 엄청 더러워졌을 거다.

분리수거함 옆에 음료수 자판기가 있었다. 목이 좀 마르긴 했지만 일회용 컵을 하도 많이 주웠더니 음료수는 별로 먹고 싶지 않았다. 진과 주은빈도 나와 같은 마음인 것 같았다.

빈 봉지를 들고 나머지 쓰레기를 찾기 위해 나섰다. 들어오는 길과 비교해 쓰레기가 적었다. 왜 그런가 봤더니 여기는 쓰레기통이 군데군데 있었다. 그러다 보니 쓰레기를 찾는 게 일이었다. 앞쪽에도 쓰레기통을 중간에 더 설치하면 좋을 것 같다.

주은빈이 먼저 앞장섰고 나와 진이 그 뒤를 따라갔다.

"주은빈. 어, 근데 나도 뭐 물어봐도 돼?"

진이 주은빈에게 말을 걸었다.

"뭔데?"

"어, 있잖아."

진이 뜸을 들였다. 무슨 소릴 하려는 거지?

"애들이 왜 너한테 거짓말쟁이라고 하는 거야?"

앗, 진아. 난 진의 팔을 잡으며 말리고 싶었지만 양손에 쓰레기봉투와 집게가 있어서 그럴 수 없었다. 진도 참 눈치 없이 왜 그런 걸 물어본 거지? 사실 나도 궁금하긴 했다. 우리 반뿐만 아니라 옆 반에도 그렇게 소문났다. 주은빈은 입만 열면 거짓말이라고. 도대체 주은빈은 무슨 거짓말을 그렇게 많이 한 걸까.

"나 거짓말하지 않았어."

주은빈이 담담하게 말했다. 거짓말을 안 했다고? 혹시 이런 게 주은빈의 거짓말이라는 걸까?

"지유 팬미팅 때문에 그래. 엄마가 사귀던 아저씨랑 지유 소속사 대표가 친한 사이였는데 엄마가 그 아저씨랑 헤어졌거든. 그래서 티켓을 구할 수가 없었어. 내가 뭐 알았나. 엄마랑 헤어질지."

주은빈이 거짓말로 오해받는 건 전부 그 아저씨와 관련된 이야기였다고 했다. 주은빈에게 과외를 해 준 서울대생 사촌 언니도 아저씨의 조카였고, 엄마와 아저씨가 헤어지며 과외 수업도 더 이상 받지 않는다고 했다.

"아까 말한 깨진 유리창 이론처럼 애들은 내 말이 다 거짓말이라고 생각해. 물론 나도 좀 과장한 적은 있어. 근데 다 거짓말은 아니었다고. 멜론우유는 진짜 자작극 아닌데. 도대체 누가 그런 거야."

주은빈이 한숨을 폭 내쉬었다. 진이 들고 있는 쓰레기봉투가 덜덜 떨렸다. 멜론우유의 진실을 알고 있는 건 나와 진뿐이다. 진은 멜론우유를 가져다준 사람이 자신이라는 걸절대 밝히고 싶어 하지 않는다. 하지만 저렇게 안절부절못하면 주은빈이 이상하게 여길 거다. 눈치채기 전에 얼른 화제를 돌려야 했다.

"그럼 애들한테 사실대로 말하면 되잖아. 그러고 풀면 될 것 같은데."

내가 주은빈에게 말했다. 듣고 보니 오해를 살 만하긴 했지만 솔직히 말하면 이해할 것들이었다. 원래 친했던 사이라면 그 정도는 이해하고 넘어갈 수 있지 않나.

"예전에 애들이 이야기한 적 있거든. 부모님이 이혼한 애들이 너무 불쌍하다는 거야. 나도 맞다고, 참 슬플 거 같다고 맞장구쳤어. 그런데 내가 어떻게 말해? 우리 엄마, 아빠 이혼했다고. 그때는 거짓말하는 게 나을 것 같았어. 근데 지금은 모르겠다, 진짜.”

주은빈이 중얼거리듯 말을 하다가 갑자기 멈춰 섰고 덩달아 나와 진도 멈췄다.

“하여튼 너네 이거 비밀이야.”

주은빈이 몸을 돌려 나와 진을 번갈아 보며 경고하듯 말했다.

“어, 걱정 마. 나, 이야기할 사람 얘밖에 없어.”

진이 나를 가리키며 말했다.

“나도 마찬가지야.”

나도 고개를 끄덕였고 은빈은 “너희 둘은 세트라 차암, 좋겠다.”며 박수를 치는 시늉을 했다.

“주은빈 너, 꼭 까마귀 같다.”

진이 혼잣말인지 들으라는 소리인지 모를 정도로 작게 말했는데 주은빈이 대꾸했다.

“왜? 왜 내가 까마귀 같아?”

“어, 어, 그게 말이야.”

진이 눈동자를 굴리며 할 말을 고르는 게 보였다.

“어, 그게. 까마귀가 다른 새들 깃털 하나씩 주워서 자기

몸에 꽂았다는 이야기 있잖아. 나중에 밝혀져서 망신당하고. 어, 그런데 까마귀는 까마귀 깃털만으로도 엄청 멋진데 말이야."

주은빈의 표정이 일그러지는 게 보였다. 진은 왜 자꾸 주은빈을 긁는 거지. 나라도 수습을 해야 할 것 같았다.

"나도 까마귀가 제일 멋진 새 같아. 진짜 패션은 올 블랙이잖아. 올 블랙은 세월이 흘러도 변치 않는다고. 까마귀 최고."

어떻게든 진을 돕기 위해 이 말 저 말을 했다. 주은빈의 굳은 얼굴을 보니 도움이 된 것 같지는 않았다.

"까마귀라니. 별로 듣기 좋지는 않네."

주은빈은 자기 기분을 숨기지 않고 솔직하게 말했다.

"어, 미안. 내가 또 눈치 없는 말을 했지? 아, 난 왜 이렇게 눈치가 없지? 근데 다들 나보고 눈치 없다고 뭐라고 해도 반 아이들이 날 좋아하지 않는다는 정도는 알아."

진이 씁쓸하게 웃으며 말했다. 그동안 진이 그렇게 생각하고 있는지 몰랐다.

"야."

내가 진을 불렀고, 진이 고개를 돌려 나를 쳐다봤다.

"너 진짜 눈치 없구나. 선우진. 나는 너 좋아해. 난 뭐 우리 반 아니야?”

난 진에게 네 생각이 틀렸다고 말했다. 갑자기 진이 웃기 시작했고 나도 따라 웃었다. 그냥 이 상황이 웃겼다. 우리 둘이 끌끌 소리까지 내며 웃고 있는데 주은빈이 끼어들었다.

“뭐냐? 너희 둘? 멜로 찍어? 으, 느끼해.”

주은빈이 진과 내 중간을 헤집고 들어와 갈라 놨다. 왜 그러나 했더니 우리 뒤에 작은 비닐봉지가 버려져 있어서 그걸 주우려던 거였다.

호수 공원 한 바퀴를 돌기까지 두 시간은 걸리지 않았다. 쓰레기를 정리한 후 입구 화장실에 가서 손을 씻었다.

밖으로 나와 보니 해가 뉘엿뉘엿 지며 하늘이 주황빛으로 물들고 있었다. 노을 아래 진과 은빈이 서 있었다. 한때 나는 모두가 날 좋아해 주길 바랐다. 그런데 이젠 아니다. 그러지 않아도 괜찮을 것 같다.

13. 60분의 모험

오늘따라 진이 좀 이상했다. 쉬는 시간마다 계속 엎드려 있고 점심시간에도 별말을 하지 않았다. 진이 좋아하는 미니 돈까스가 나왔는데도 밥을 남겼다. 물론 미니 돈까스는 다 먹긴 했지만. 나와 은빈이 어디 아프냐고 물었지만 진은 아니라고 했다.

종례가 끝난 후 아이들이 가방을 챙겨 하나둘 교실에서 나갔다. 진은 가방을 챙기지 않고 멍하니 칠판을 보고만 있었다.

"안 가?"

내 물음에 진이 대답을 하지 않았다. 밖으로 나가려던 은빈도 신경 쓰였는지 나와 진이 앉아 있는 쪽으로 왔다. 은빈이 내게 입 모양으로 "왜 그래?" 하고 물었고 나는 모르겠다며 고개를 저었다. 진의 얼굴에 회색빛이 돌았다. 정말 무슨 일이 있는 건가?

나와 은빈은 진을 재촉하지 않고 그냥 두었다. 진은 자기 생각을 말할 때 예열이 조금 필요할 때가 있다.

"나 바본가 봐."

진의 말에 뭐라고 해야 할지 곧바로 떠오르지 않았다. 초등학생 때였다면 "몰랐냐?" 하고 장난을 쳤을 텐데 지금은 왠지 그러면 안 될 것 같았다.

"왜? 무슨 일 있어?"

은빈이 진의 대각선에 있는 의자를 꺼내 앉으며 물었다.

"아마 내가 우리 반에서 수학 꼴찌일 거야."

진은 수학을 유독 어려워했다. 학원도 다니고 과외까지 하고 있지만 수학 성적이 오르지 않는다고 했다.

"엄마랑 아빠는 나를 혼 안 내. 내 점수를 보면 당황스럽다는 듯 날 쳐다봐. 눈알이 막 흔들리며 떨려. 어떻게 내가 이런 자식을 낳았을까 하는 표정이야."

하필 진의 부모님은 두 분 다 우리나라에서 가장 좋은 대학을 나왔다. 한마디로, 진은 똥을 밟은 거다.

“나는 공부를 못해도 적당히 못해야 하는데 엄청 못하고,
우리 엄마 아빠는 적당히 잘했어야 했는데 너무 잘했어. 그
게 우리의 문제야.”

진이 길게 한숨을 내쉬었다.

“뭐래? 부모 성적이 자식 성적이랑 같아야 해? 그럼 우리
엄마, 아빠 이혼했으니까 나도 나중에 이혼해?”

은빈이 진에게 쏘아붙였다.

“그럴 리가 있냐.”

“그럴 수도 있지.”

나와 진의 대답이 달랐다. 은빈이 진을 노려봤고 진뿐만
아니라 나까지 움츠러들었다. 진도 분위기가 좋지 않은 걸
깨달았는지 이유를 설명했다.

“아니, 내 말은. 어, 이혼율이 높으니까. 너만 할 수 있는 게
아니라 나랑 하민이도 할 수 있어. 난 그 말을 한 거야. 절대
너희 부모님이 그랬다고 네가 그런다는 게 아니고.”

“알아.”

은빈이 피식 웃었고 우리 셋을 감돌던 긴장이 녹아내렸
다. 긴장감은 사라졌지만 진 주위의 우울감은 쉽게 없어지
지 않았다. 진은 자기가 너무 한심한 것 같다는 말까지 했다.

“그만해. 가자.”

은빈이 책상에 걸린 진의 가방을 들었다.

"어딜 가? 학원?"

진의 물음에 은빈이 "설마."라고 대꾸했다.

"우리 기차 타러 가자. 진이 너 기차 좋아하잖아. 그거 타면 기분 나아질 거야."

은빈이 진의 가방을 앞으로 멘 채 앞장섰고, 나와 진은 어안이 벙벙한 채로 은빈을 따라 나갔다. 진이 은빈의 옆을 걸으며 물었다.

"지금 기차를 타러 간다고? 진짜 기차를?"

"그럼 진짜 기차지. 가짜 기차도 있어? 아, 가방 너무 무겁다. 네 건 네가 들어."

은빈이 가방을 건넸고, 진이 자기 가방을 등에 멨다. 나는 은빈에게 어디 가서 기차를 탈 거냐고 물었다.

"주신역 가면 되잖아. 거기 KTX 다녀."

주신역은 우리 동네에 있는 기차역이다. 여름 방학 때 주신역에서 KTX를 타고 광주 할머니 댁에 다녀왔다.

학교 앞 버스 정류장에 도착했다. 은빈은 휴대폰으로 주신역 가는 버스를 검색했다. 학교에서 주신역까지는 버스로 20분이면 갈 수 있었다.

잠시 후 버스가 도착했다. 은빈이 먼저 버스에 올랐고 나와 진도 따라 탔다. 은빈은 정말로 진을 기차에 태워 주려는 걸까?

버스 앞쪽에 빈자리가 있어서 은빈이 먼저 앉고 나와 진은 뒤편에 있는 나란히 붙은 자리로 가서 앉았다.

"우리, 정말로 기차 타러 가는 거야?"

내 물음에 진이 모르겠다고 대답했다. 가면 안 된다는 마음 한편으로는 가고 싶다는 마음이 공존했다.

"기차 타고 싶긴 하다. 근데 괜찮아. 기차 보기만 해도 좋을 것 같아."

하긴. 사실 기차를 타는 건 무리다. 우리 셋이 가출할 마음이 있는 것도 아니고, 이 시간에 기차를 타서 어디를 갈 수 있겠는가? 진은 기차역에 가서 기차만 보고 와도 된다고 했다.

주신역이 종점이어서 버스에 탄 사람들이 모두 내렸다. 은빈이 역 안으로 앞장섰고 나와 진은 또다시 은빈을 따라갔다. 대합실까지 들어간 은빈이 나와 진을 향해 몸을 돌렸다. 이제 기차만 구경하고 가자고 할 줄 알았는데 대뜸 은빈은 돈이 얼마나 있냐고 물었다.

"나 체크 카드에 2만 원밖에 없어. 너희는?"

나는 며칠 전 용돈을 받아 카드에 5만 원이 있었고 진은 현금 2만 5천 원이 있다고 했다. 카드와 현금을 은빈에게 건넸다. 그랬더니 은빈이 매표소로 뚜벅뚜벅 걸어갔다. 나와 진은 서로를 보며 눈으로 말했다.

'진짜로 표를 사려나 봐!'

잠시 후 우리 쪽으로 걸어오는 은빈은 표를 들고 있었다. 은빈이 나와 진에게 표를 한 장씩 건네주었다. 표에는 '주신 역 → 서울역'이라고 적혀 있었다.

"얼른 가자. 10분 뒤 출발이야."

전광판을 확인하니 서울역으로 가는 KTX는 4번 승강장 에서 타야 했다. 에스컬레이터를 타고 승강장으로 내려갔 다. 서울역에 KTX를 타고 간다고 생각하니 웃음이 나왔다. 주신역에서 서울역은 고작 17분밖에 걸리지 않는다. 주신역 에서 서울을 갈 때는 버스나 지하철을 타도 충분하다. 지하 철을 타도 30분이면 갈 수 있으니까.

"꼭 멀리 갈 필요 없잖아. 우리가 갈 수 있는 만큼만 가면 되지."

은빈이 그 말을 하며 씨익 웃었다. 맞는 말이긴 했다.

KTX에 올라 표에 적힌 자리에 가서 앉았다. 진이 창가 자 리였고 나는 복도 쪽이었다. 은빈은 그 옆 복도 자리였다.

은빈이 제안했다.

"오늘은 학원 하루 제끼자. 알았지?"

나는 고개를 끄덕였다. 우리는 각자 부모님들에게 몸이 좋지 않아 학원을 빠지겠다는 메시지를 보내 두었다.

안내 방송이 흘러나왔다. 우리가 탄 KTX는 부산역까지 간다고 했다. 열차가 곧 출발한다는 말과 함께 서서히 KTX가 움직이기 시작했다. 우리는 부산역이 아니라 서울역까지만 가지만 왠지 여행을 떠나는 기분이 들었다. 이상하게 설레었다. 진은 창밖을 바라봤고 나는 그런 진을 바라봤다. 서울역까지 가는 17분 동안 진과 나, 은빈은 아무 말도 하지 않았다.

서울역에 도착했다. 내리는 사람보다 서울역에서 타는 사람들이 훨씬 많았다.

"와, 엄청 크다."

주신역과 다르게 서울역 대합실은 사람도 많고 승강장도 열 개가 넘었다. 우리 셋은 마치 서울 온 시골쥐처럼 움츠러들었다. 우리는 두리번거리며 서울역을 구경했다.

"주신역 가는 기차 몇 시에 있나 물어보고 올게."

매표소에 간 은빈이 돌아와 주신역 가는 기차가 5시 2분과 8시 10분에 있다고 알려 줬다. 지금 시간이 4시 40분이다.

"8시 10분은 너무 늦는데."

그걸 타고 집에 가면 9시다. 아파서 학원을 빠진다고 했으니 적어도 엄마, 아빠가 퇴근해 돌아오는 시간까지는 집으로 가야 한다.

"그럼 5시 2분 표 살게."

은빈이 표를 사서 돌아왔다. 나는 화장실에 가고 싶다고 말했고 진도 가겠다고 했다. 화장실에 다녀왔는데도 15분 정도 시간이 남았다. 서울역 안에는 빵집과 김밥 가게 등 먹을 것을 파는 곳이 꽤 여러 개였다. 음식 냄새가 대합실까지 났다.

"우리 핫도그 먹을래?"

은빈의 물음에 나와 진이 동시에 "응."이라고 대답했다. 우리는 핫도그 가게로 가서 핫도그 세 개를 주문했다. 서울역 핫도그는 동네 핫도그보다 배는 비쌌다. 도대체 얼마나 맛있길래 비싼 거지? 그런데 핫도그가 빨리 나오지 않았다. 언제 나오냐고 물어보니 주문이 많아 조금 걸린다고 했다.

째깍째깍 시간은 흐르고 이제 열차 출발까지 5분밖에 남지 않았다. 핫도그는 아직이었다. 아아, 어쩌나. 핫도그를 포기해야 하나?

"여기 나왔어요."

우리는 핫도그를 받아 들고 승강장을 향해 뛰었다. 출발까지 3분이 남았다. 아직 주신역으로 가는 KTX가 도착하지 않았다.

"얼른 먹자. 안 그러면 못 먹어."

내 말을 들은 진과 은빈이 허겁지겁 핫도그를 먹기 시작했다.

주신역행 KTX가 도착했다. KTX는 시간에 맞춰 바로 출발하기에 늦으면 안 된다. 우리는 핫도그를 몇 번 씹지도 않고 우걱우걱 삼켰다.

우리가 타자마자 열차 문이 닫혔다. 다행이다. 핫도그도 먹고 기차도 무사히 탔다.

어? 그런데 빵과 과자를 먹고 있는 사람들이 보였다. 그제야 난 깨달았다. 버스나 지하철과 다르게 KTX 안에서는 음식을 먹어도 되었다. 내가 그 말을 하니 진은 알고 있었다고 했다. 하긴 기차 전문가가 그걸 모를 리가 없다.

"그럼 아까 말해 주지."

"난 그냥 네가 빨리 먹자고 해서. 배고파서 그런 줄 알았지."

허탈했다. 빨리 먹느라 핫도그 맛이 어땠는지 기억조차 나지 않았다. 진의 입 주변에 케첩이 묻어 있었다. 나는 가방에서 휴지를 꺼내 진에게 건넸다. 진이 그중 절반을 내게 돌려주며 말했다.

"너도 묻었어."

아, 몰랐다. 나도 휴지로 입을 닦았다.

서울역으로 올 때보다 주신역으로 갈 때의 17분이 더 짧게 느껴졌다. 주신역에 도착하니 딱 한 시간이 지나 있었다. 너무나 정신없는 한 시간이었다. 그리고 너무나 신나는 한 시간이었다. 어느새 진의 얼굴이 회색에서 복숭앗빛으로 돌아와 있었다.

주신역을 나가며 진이 나만 들을 수 있도록 말했다.

"아무래도 주은빈A로 돌아온 것 같아."

나는 고개를 끄덕이며 웃었다. 앞서가던 은빈이 몸을 돌려 무슨 말을 했냐고 물었다. 우리는 아무것도 아니라고 둘러댔다.

은빈이 진에게 한 걸음 가까이 다가서며 말했다.

"선우진. 앞으로 헛생각하지 마. 알았어?"

진은 알겠다고 고개를 끄덕였다.

"어. 근데 너 꼭 누나 같아."

진의 말에 은빈이 "뭐야?" 하며 인상을 찌푸렸다. 그런데 은빈의 기분이 나빠 보이지 않았다.

"가자. 동생들. 이 누나가 집까지 데려다줄게."

진 때문에 나까지 은빈의 동생이 되었다. 뭐 그럼 어떠랴. 오늘만큼은 나와 진은 은빈의 동생들이 되어 졸래졸래 걸었다. 말하지는 못했지만 오늘 은빈은 끝내주게 멋졌다.

14. ㅁㅊ

공원에서 쓰레기 줍기, 벌써 여섯 번째 날이다. 매 주는 오지 못했고 2주에 한 번씩 왔다. 지난달 단풍 축제가 열린 날은 쓰레기가 너무 많아 봉지를 여러 번 비웠다. 오늘은 기온이 확 떨어져서 그런지 평소보다 공원에 사람이 적었다. 그래서 반 바퀴를 돌 때까지 봉지 하나를 다 채우지 못했다.

"역시 사람이 문제인가."

진이 봉지에 있는 쓰레기를 분리수거함에 넣으며 말했다. 쓰레기를 줄이려면 사람이 줄어야 하는 걸까. 인정하기 싫지만 그게 정답인 것 같았다.

"아, 추워."

마지막 일회용 컵을 버리던 은빈이 몸을 떨며 말했다.

“너희 배 안 고파?”

딱 저녁때라 배가 고프긴 했다. 2주 전에 왔을 때는 진과 둘이 떡볶이를 먹고 헤어졌다.

“우리 뭐 먹으러 갈래? 나 용돈 받았거든.”

거절할 이유가 없었다. 나와 진은 은빈에게 좋다고 대답했다.

“순댓국 먹을래?”

이번 물음에 나는 좋다고 대답했지만 진이 고개를 저었다.

“어, 나 순댓국 못 먹는데.”

“아니, 왜?”

“그 맛있는 걸?”

나와 은빈이 동시에 물었다. 진은 한 번도 순댓국을 먹어 본 적이 없다고 했다. 은빈이 그럼 다른 걸 먹자고 했지만 나는 이야기가 나온 순간부터 고소한 순대와 뜨끈한 국물이 먹고 싶어졌다. 그리고 진에게 순댓국의 맛을 알려 주고 싶었다. 우선 내 순댓국을 조금 먹어 본 후, 먹지 못하겠으면 다른 메뉴를 주문하라고 하니 진은 그러겠다고 했다.

“그럼 순댓국 먹으러 가자. 이 누나가 쏜다.”

은빈이 먼저 공원 밖으로 향했고 나와 진은 은빈을 따라

갔다.

지난번 기차 여행 이후로 은빈은 계속 우리의 누나 노릇을 했다. 키가 커서 그런 것뿐만 아니라 여러모로 은빈이 누나 같긴 했다. 밤에 단체방에 학교 과제가 있다는 걸 알려 주기도 한다. 나는 두 번 중에 한 번은 깜박한 상태였고, 진은 매번 은빈의 메시지를 보고 "아, 맞다!" 하며 뒤늦게 과제를 했다. 진이 필통을 놓고 오면 어떻게 알고 볼펜을 빌려주기도 했다. 한 살 어린 남동생이 있다더니 은빈은 나와 진도 남동생처럼 여기는 것 같다.

손이 시려 주머니에 두 손을 넣은 채 걷고 있는데 은빈이 손을 빼라고 충고했다.

"너희, 겨울에 주머니에 손 넣고 걸으면 안 돼. 길이 미끄러워서 넘어지면 엄청 위험하다고. 손 없으면 균형 잡기가 얼마나 어려운데."

은빈은 양팔을 옆으로 길게 늘어뜨린 후 균형 잡는 시범을 보이며 자긴 절대 길을 걸을 때 주머니에 손을 넣지 않는다고 했다.

"주머니에 손 넣고 걷지 말라는 건 우리 할아버지 유언이셨어."

은빈네 할아버지는 왜 그런 유언을 남기신 거지? 혹시 할

아버지가 길을 걷다가 넘어져 돌아가신 거냐고 조심스럽게
물었다.

"아니, 할아버지는 암으로 돌아가셨어. 그냥 할아버지가
평소에 자주 하신 말씀이라서. 그럼 유언이지 뭐. 남긴 말이
니까."

진과 내가 스리슬쩍 주머니에 다시 손을 넣는데 은빈이
째려봤다. 우리는 주머니에서 손을 뺐다.

공원 앞에 있는 순댓국 가게에는 손님이 많았다. 다행히
다 먹고 나가는 손님이 있어서 바로 자리에 앉을 수 있었다.

은빈이 순댓국 두 그릇을 주문하며 하나는 이따가 주문하
겠다고 말했지만, 종업원이 그건 안 된다고 했다. 1인 1 메뉴
를 주문해야 한다고 했다. 진의 몫으로 무난한 돌솥비빔밥
을 주문했다.

잠시 후, 우리가 주문한 음식이 나왔다. 나와 은빈 앞에 순
댓국이, 진 앞에는 돌솥비빔밥이 놓였다. 뚝배기에 담긴 순
댓국에서 김이 올라왔다. 은빈은 새우젓을 넣은 후 들깻가
루를 뿌렸다. 나는 작은 접시에 순대와 국물을 조금 떠서 진
에게 먹어 보라고 했다. 진은 내키지 않아 하면서 숟가락으
로 국물과 함께 순대를 떠서 입에 넣었다. 진이 인상을 찌푸
렸다.

“아, 뜨거.”

진의 입이 바쁘게 움직였다.

“뭐야? 이거 왜 맛있어?”

순대를 삼킨 진이 아까보다 더 인상을 쓰며 말했다.

“아, 억울해. 이렇게 맛있는 걸 이제까지 모르고 살았다니.”

진은 학교 급식에서 순댓국이나 순대가 나오면 받지 않았다고 했다. 내가 왜 먹어 볼 생각을 안 했냐고 물으니 거무튀튀하게 생긴 게 이상해서 그랬단다. 잘 알지 못하면서 우리가 오해하는 건 참 많다.

진이 내 순댓국을 아련하게 바라봤다. 나는 순댓국을 진 쪽으로 밀어 줬다.

“네가 이거 먹어. 내가 돌솥 먹을게.”

“그래도 돼?”

“그럼. 너의 순댓국 데뷔, 축하한다.”

나는 진에게 오른손을 내밀었고 진이 내 손을 맞잡아 우리는 악수를 했다. 진의 성공적인 데뷔에 괜히 내가 다 뿌듯했다.

“너희 차암 재밌어.”

은빈이 허허, 하고 작게 웃더니 나중에는 큰 소리로 웃었다. 요즘 은빈은 나와 진이 무슨 말만 하면 저렇게 재밌다며 웃는다.

밥을 먹고 있는데 은빈의 휴대폰 알람이 울렸다. 은빈이 휴대폰을 보더니 화면을 두드렸다. 순댓국은 먹는 둥 마는 둥 하면서 계속 휴대폰만 봤다. 하랑처럼 누군가와 메시지를 주고받는 것 같았다. 은빈의 입가에 살며시 미소가 떠오르는 게 보였다.

은빈이 음식값을 계산했다. 나와 진은 잘 먹었다고 인사했다.

"나 먼저 간다."

은빈이 급하게 가고, 나와 진은 아이스크림을 먹으러 가기로 했다. 뜨끈한 음식 다음에는 자고로 차가운 디저트를 먹어 줘야 코스가 완성이 된다.

진과 함께 아이스크림을 먹고 나오는데 저 멀리 은빈이 걸어가는 게 보였다. 옆에 다른 사람이 있었다. 누군가 봤더니 헉, 박윤수였다. 아까 은빈과 메시지를 주고받은 상대가 박윤수였나 보다.

"어? 둘이 뭐 있나 봐."

나는 진을 툭툭 치며 말했다. 은빈이 우리와 있을 때와 다르게 손으로 입을 가리며 수줍게 웃고 있었다. 우리랑 있으면 목젖이 다 보일 정도로 깔깔 웃는다. 나와 진은 내일 은빈을 만나면 놀려야겠다고 말했다.

"근데 너, 이제 박윤수 괜찮아?"

"어. 이제 아무렇지도 않아. 감정이 없으면 싫지도 밉지도 않게 되는 것 같아."

진은 처음엔 불편했지만 이제는 박윤수가 조금도 신경 쓰이지 않는다고 했다.

다음 날 점심시간이 되었다. 난 진, 은빈과 함께 교실에서 나와 급식실로 걸어갔다. 언젠가부터 우리는 교실에서 급식실까지 같이 간다.

식탁 위에 식판을 내려놓은 후 나와 진은 흐흐 웃으며 은빈을 봤다.

"뭐? 왜?"

은빈이 왜 그런 얼굴로 보느냐고 물었다.

"우리 어제 너 봤다. 박윤수랑 있던데."

"요것들이 아주 누님 일에 관심이 많아."

박윤수와 무슨 사이냐고 물어볼 필요도 없었다. 은빈의 표정이 모든 걸 말해 주고 있었다. 은빈은 어제 순댓국집에서 휴대폰을 볼 때처럼 웃고 있었다.

그날 종례를 마치고 가방을 챙기고 있는데 박윤수가 다가
왔다.

"도하민, 너 잠깐 시간 돼?"

나는 검지로 나를 가리키며 "나?" 하고 물었다. 바보 같은
질문이었다. 분명 박윤수가 내 이름까지 부르며 물었는데.
그만큼 박윤수와 나는 교류가 없기에 당황해서 그랬다.

"어, 돼."

박윤수는 내 대답을 들은 후 진에게도 같은 질문을 했다.
진도 나와 마찬가지로 어정쩡하게 그렇다고 대답했다.

"여기서 이야기하기는 좀 그렇고."

박윤수가 교실을 둘러보더니 나가자고 했다. 나와 진은
주뼛거리며 박윤수를 따라 교실에서 나왔다. 진에게 무슨
일이냐며 눈짓했는데 진도 모르겠다며 도리질을 했다. 도대
체 무슨 일이지? 박윤수와 우리 사이에는 연결 고리가 없었
다. 혹시 은빈이 때문인가? 둘 사이에 뭔가 있었다. 은빈에
게 고백을 하려고 우리에게 도와 달라는 요청? 그런 거라면
기꺼이 도와줄 수 있다.

우리는 1층 중앙현관을 나와 운동장으로 연결된 계단석으
로 갔다. 박윤수가 먼저 앉았고 그 옆에 나와 진이 나란히 앉
았다.

"아, 진짜 이걸 어떡하지."

박윤수가 고개를 이리저리 돌리며 뜸을 들였다.

"뭔데? 말해 봐."

나는 웃음이 새어 나오는 걸 감추며 말했다. 진은 여전히 이 상황을 눈치채지 못했지만 나는 다 알고 있다.

"내가 진짜 고민 많이 했거든. 이걸 너희한테 말해야 하나 말아야 하나."

"얼른 얘기해."

난 여유롭게 말했다. 박윤수가 자리에서 일어나더니 한 계단 내려가 나와 진 앞에 섰다. 그러고는 휴대폰을 꺼내 무언가 찾더니 우리에게 내밀었다. 휴대폰 화면에 메시지 창이 떴다.

"정말 나 진짜 너희들 위해서 말해 주는 거야. 진짜야."

도대체 이걸 왜 보여 주나 싶었지만 박윤수가 계속 보라고 해서 화면 가까이 얼굴을 갖다 댄 채 읽었다.

-너, 도하민이랑 선우진이랑 친하지 않아?

-무슨 소리야? 내가 그런 찐따들이랑 왜 친해? 과제 때문에 어쩔 수 없이 만나는 거임.

-도하민이 너 좋아하잖아.

-난 관심 전혀 없음. 우웩. 개네 다 완전 ㅁㅊㅁㅊ ㅋㅋㅋㅋ

나는 한참 동안 화면을 들여다봤다. 발신인 이름에 ‘은빈’이라고 적혀 있었다. 찐따, 우웩, ㅁㅊ이라는 글자가 크게 확대되어 내 눈에 들어왔다.

순간 머릿속이 띵했다. 은빈이 나와 진을 이렇게 생각하고 있었다니. 우리와 같이 쓰레기를 주우러 다니면서 대화하고 웃던 건 뭐였지?

“주은빈이 너네 이렇게 생각하는지 몰랐지?”

박윤수가 물었다. 당연히 몰랐지. 우리가 어떻게 알았겠냐. 나는 말로 내뱉는 대신 속으로만 생각했다.

“주은빈이 이러는 거 하나도 모르면서 어울린다고 생각하니까 어찌나 불쌍하던지. 내가 너네 불쌍해서 알려 주는 거야. 만약에 학폭 신고하거나 그럴 때 필요하면 말해. 이렇게 뒷담화하는 것도 학폭 걸 수 있을 거야. 내가 너희한테 이거 기꺼이 제공할게.”

휴대폰에서 눈을 뗐다. 박윤수는 매우 의기양양한 표정을 지으며 나와 진을 보고 있었다. 표정과 말이 달랐다. 박윤수가 뭔데 우리에게 불쌍하다고 말하는 거지? 너는 뭐가 그렇게 당당한 거야? 뭐가 그렇게 떳떳해?

나는 박윤수가 우리에게 왜 이걸 보여 준 건지 알 수가 없었다. 이건 누구를 위한 행동일까? 정말 나와 진을 위해? 아니면 자신을 위해? 하지만 둘 다 아닌걸.

박윤수와 은빈 사이에 무슨 일이 있었다는 걸 알 수 있었다. 그러지 않고서야 이걸 우리에게 보여 줄 리가 없다.

"박윤수. 우리 불쌍하지 않아. 나는 네가 더 불쌍해지려고 해."

나는 박윤수를 바라보며 차분하게 말했다. 박윤수가 원하는 반응을 보여 주고 싶지 않았다. 오기라고 해도 상관없었다.

"뭐?"

박윤수가 인상을 썼다.

"주은빈한테는 너랑 주고받은 메시지 봤다는 말 안 할게."

내가 일어서니 진도 따라 일어났다. 계단을 내려오는데 뒤에서 박윤수가 소리쳤다.

"너희들 주은빈한테 속고 있는 거야. 개랑 놀지 말라고 이 멍청이들아! 개가 얼마나 나쁜 앤데. 너희 그거 알아야 해!"

박윤수는 목청도 좋았다. 우리가 운동장 한가운데까지 걸어왔는데도 다 들렸다.

우리는 누구든 좋아할 준비가 되어 있는 동시에 누구든 미워할 준비도 되어 있었다. 그 대상이 누구인지는 어쩌면 상관없는지도 모른다. 박윤수가 저런 아이인 줄 진작 알았다면 나는 박윤수를 코딱지만큼도 부러워하지 않았을 텐데.

"우리도 은빈이 욕한 적 있잖아."

학원을 향해 걸어가며 진이 내게 말했다. 전에 은빈이 마녀 같다고, 무섭다고 나와 진도 말했다. 물론 그때는 같이 과제를 하기 전이었지만.

"하민아. 근데 ㅁㅊ이 뭘까?"

진이 물었고 나는 떠오르는 걸 말했다.

"미친? 멍청?"

둘 다 별로였다. 나는 모르겠다고 말했다. 그냥 모르고 싶었다.

"멋친은 아니겠지?"

"멋친이란 말이 있어?"

"음, 멋진 친구? 내가 만들어 봤어."

진의 농담에 난 푸하하 하고 웃음을 터트리고 말았다. 진은 사실 꽤 웃기다. 진은 내게 ㅁㅊ이 맞긴 하다.

학원이 있는 상가까지 왔다. 진은 영어 학원으로 나는 수학 학원으로 가는데 같은 층에 있어 함께 계단을 올랐다. 나와 진은 박윤수가 보여 준 메시지를 신경 쓰지 않기로 했다. 없는 자리에선 나랏님도 욕한다고 했으니까. 그럴 수도 있지. 한 번쯤 그럴 수 있어. 나는 별일 아니라고 여러 번 말하고 고개를 끄덕였다.

"하민아. 너 진짜 괜찮아?"

"그럼."

대답을 하는데 내 오른쪽 눈썹이 씰룩이는 게 느껴졌다. 은빈을 친구라고 여겼던 마음이 실은 아팠다.

4부
계단을 오르며

15。안 괜찮아

나는 괜찮지 않았다. 아침에 교실에서 은빈을 마주칠 뻔했는데 일부러 피했다. 사물함에서 책을 찾는데 은빈이 이쪽으로 오는 것 같아서 급하게 사물함 문을 닫고 자리로 왔다. 결국 1교시 수업인 국어책을 가져오지 못하고 돌아오는 바람에 선생님이 들어온 후에 다시 사물함으로 갔다.

박윤수 앞에서는 아무렇지 않은 척했지만 아무렇지 않을 수가 없었다. 1학기 때 은빈이 나를 괴롭힐 때는 은빈이 싫기만 했는데 지금은 미웠다. 학원 수업을 듣는데도 저녁을 먹는데도 잠들기 전에도 박윤수가 보여 준 메시지가 떠올랐다. 내용이 박제되어 내 머릿속에 보관되어 있다. 내 머리는 왜 주책없이 그때만 최고의 암기력을 발휘한 걸까.

찐따, 우웩, 과제 때문에, 어쩔 수 없이.

수업을 듣다가 은빈 쪽을 바라봤다. 은빈은 집중해서 수업을 듣는 중이다.

주은빈, 너 나랑 진한테 왜 그랬어? 왜 우리를 그렇게 말했어? 정말로 그렇게 생각하는 거야?

나는 마음속으로 은빈에게 묻고 또 물었다.

은빈 생각을 너무 많이 해서 혹시 내가 은빈을 이성으로 좋아하는 건가 싶었는데 그건 아니었다. 만약 진이 그랬어도 나는 똑같았을 거니까.

4교시가 끝나고 점심시간을 알리는 종이 울렸다. 나와 진, 은빈은 교실에서 각자 꼼지락대다가 10분쯤 지났을 때 자리에서 일어났다. 의자에 걸어 둔 패딩 점퍼를 챙겨 입었다. 급식실까지 같이 걸어가는 게 어색할 것 같았는데 다행히 은빈이 춥다며 혼자 급식실을 향해 종종걸음으로 빠르게 갔다. 교실에서 급식실까지 멀지도 않은데 은빈은 장갑까지 낀 채였다. 은빈은 참 장갑을 좋아했다.

배식을 받아 빈자리를 찾아 앉았다. 진도 나도 조용히 밥만 먹었다. 은빈이 우리에게 무슨 일이 있냐고 오늘따라 왜 이렇게 조용한 거냐고 물었다. 나는 "그냥 뭐."라고 대꾸했고 진은 탕수육이 맛있다고 말했다.

"그러게. 오늘 탕수육 맛있네. 더 받아 올래?"

은빈이 나와 진에게 물었다. 나는 괜찮다고 했고 진이 그러자고 했다. 은빈과 진이 일어나 식판을 들고 급식대로 갔다. 잠시 후 진과 은빈이 돌아왔다.

"탕수육 없대서 고추잡채만 받아 왔네."

묻지도 않았는데 은빈이 식판을 식탁 위에 내려 놓으며 말했다.

"우리 이번 주 일요일은 4시 말고 조금 일찍 만날래?"

은빈이 물었다. 이번 주가 호수 공원에 쓰레기 주우러 가는 마지막 날이다. 2주 전에 갔을 때 겨울이 되어 날씨가 많이 춥기도 했고 5시가 조금 넘으니 해가 지기 시작했다.

"어, 그럼 2시쯤 갈래?"

진이 제안했고 나와 은빈은 그러자고 했다. 이제 12월 마지막 주 환경 수업 시간에 발표를 하면 모두 끝이 난다. 밥을 먹으며 나는 거의 말을 하지 않았다. 은빈이 물어보면 짧게 대답했을 뿐이다.

급식실을 나와서도 은빈은 춥다며 먼저 가겠다고 했다. 나와 진은 느릿느릿 걸었다. 날은 찼지만 햇볕이 급식실 앞을 차르르 비추고 있었다. 진이 불쑥 말했다.

“우리, 그냥 주은빈한테 말할래?”

“뭘?”

“박윤수한테 보낸 메시지 말이야.”

“아, 됐어.”

어제 박윤수 앞에서는 세상 쿨한 척을 했으면서 은빈에게 가서 다다다 따지고 싶지 않았다.

“하긴. 주은빈이 그게 뭐 어때서? 하고 물으면 우리도 할 말 없긴 해.”

진의 말이 맞긴 했다. 은빈과 우리는 수행 평가를 같이 하는 조원 그 이상 그 이하도 아니다. 은빈이 다른 사람들에게 나와 진을 어떻게 말하든 그건 은빈이 하고 싶은 대로 할 수 있는 거다. 그렇게 생각하니 내 행동이 조금 우스웠다.

일요일 2시, 호수 공원 입구에서 진과 은빈을 만났다. 항상 먼저 와 있던 은빈이 오늘은 2시가 조금 넘어서 도착했다. 나와 진은 가방에서 목장갑을 꺼내어 끼었다. 목장갑을 끼니 손이 덜 시렵다. 은빈도 끼고 온 장갑을 벗고 목장갑으로 갈아 끼었다.

쓰레기를 줍기 위해 출발했다. 군데군데 보이는 쓰레기를 주우며 쓰레기 출몰 지역으로 향했다. 역시나. 오늘도 일회용 컵이 여러 개 쌓여 있다. 쓰레기가 많이 모이는 곳은 늘 정해져 있었다. 사람들이 용케 쓰레기 버리는 자리를 아는 것 같았다.

나와 진이 대화를 많이 안 해서 그런가. 은빈도 오늘은 조용했다. 날도 추우니 빨리 끝내고 가는 것도 좋을 것 같긴 했다. 오늘따라 왜 이렇게 날씨가 추운지 모르겠다. 아침에 기온이 영하로 떨어졌고 오후가 되면 올라간다고 했는데 여전히 춥다. 바람이 많이 불어서 체감 온도가 더 낮은 것 같았다. 추운 날씨 때문인지 공원에 사람이 평소보다 적었고 그만큼 쓰레기도 적었다. 한 바퀴를 다 돌 때까지 봉지 하나가 다 차지 않았다.

오늘은 쓰레기 줍는 데 한 시간도 채 걸리지 않았다. 봉지에 든 쓰레기를 분리수거하기 전에 마지막으로 사진을 찍었다. 쓰레기 줍기도, 사진도 이게 마지막이었다.

목장갑을 벗어 은빈에게 돌려주었다. 처음 활동하러 온 날, 은빈이 빌려준 거였다. 은빈은 나와 진이 건네는 목장갑을 챙겨 가방에 넣었다. 이제 우리가 헤어질 시간이다.

"너희, 알았다며?"

은빈이 앞뒤 없이 물었기에 나는 무슨 말인지 알아들을 수가 없었다. 도대체 뭘 알았다는 거지.

"내가 박윤수한테 너희 뒷담화한 거 말이야."

아, 그거였구나. 나는 진을 바라봤다. 혹시 진이 이야기했나 싶었지만 진도 모르는 표정이었다.

은빈에게 말한 건 박윤수였다. 나와 진이 계속 은빈과 어울리니까(박윤수가 생각하는 것처럼 잘 어울렸던 건 아닌데. 나는 은빈에게 퉁명스럽게 굴었는데.) 박윤수가 은빈에게 우리가 진짜 자존심도 없다며 다 이야기했다는 거였다.

"박윤수랑 사귈 뻔했어. 나도 박윤수 좋아했으니까. 근데 막상 사귀자고 고백받으니까 사귀고 싶지 않은 거야. 그래서 고백 거절했더니 바로 너희한테 가서 내가 보낸 메시지 보여 준 거야. 걔가 그렇게 찌질하게 굴지 몰랐지."

그렇게 된 일이었구나. 박윤수가 시작한 일을 박윤수가 끝냈다. 미꾸라지 같은 놈 같으니. 하지만 나와 진과 은빈 사이에 박윤수는 존재하지 않는다.

"그런데 박윤수가 가짜로 메시지 꾸며서 보여 준 거 아니잖아. 네가 그렇게 보낸 거 맞잖아. 우리 찐따 같다고, 과제 때문에 어쩔 수 없이 어울린 거라고. 토 나온다고."

나는 속으로 참고만 있던 것을 은빈에게 말했다. 더 이상은 괜찮지 않은데 괜찮은 척하고 싶지 않았다.

"내가 토 나온다고 했다고? 나 그렇게는 말 안 했어."

"우웩이라고 했잖아. 그게 그거지 뭐."

옆에서 듣고 있던 진이 "어, 맞아."라며 내 말에 동의했다. 난 은빈에게 화를 내며 따져 물었다.

"너 도대체 왜 그랬어? 왜 우리 욕하고 다닌 거야?"

"몰라. 그때는 박윤수한테 잘 보이고 싶었어. 진짜로 너희를 그렇게 생각한 게 아니라 그래야 박윤수가 좋아할 거 같았으니까. 내가 다른 남자애들이랑 친하게 지내면 개가 싫어할 거 같았어. 그래서 그렇게 말한 거야. 알아. 다 핑계라는 거."

은빈은 모른다고 하더니 또 안다고도 했다. 도대체 뭐가 맞는 걸까.

"내가 또 망쳤어. 또 바보짓을 했어."

은빈이 윗니로 아랫입술을 잘근잘근 씹으며 말했다.

"왜 이렇게 어려운 거야. 잘 지내는 게."

은빈은 들릴 듯 말 듯 혼잣말을 했다. 나도 그런데 은빈도 그랬구나. 어쩌면 우리는 다 그런지도 모르겠다. 나와 잘 지내는 게, 친구와 잘 지내는 게, 세상과 잘 지내는 게 다 어렵기만 하다.

진이 "주은빈." 하고 불렀다. 나도 진을 바라봤다.

"그런데 어, 우리도 너 욕했어. 마녀 같다고."

진이 은빈에게 말했다.

“이씨. 진짜야?”

은빈이 나와 진을 노려봤다. 은빈의 예전 그 눈빛이 다시 살아났다. 나는 은빈이 무서워 시선을 돌렸다. 대신 진을 바라봤다. 진아, 굳이 그걸 왜 말하는 거야. 그건 하지 않아도 되는 말이잖아. 나는 직접 말하지 못하고 진에게 눈으로 말했다. 하지만 진은 내 눈빛을 이해하지 못했는지 한마디 더 했다.

“그러니까 우리 비긴 거야.”

진의 말에 내가 “축구해? 뭐 1:1 무승부야? 아주 승부차기도 하지 뭐.” 하고 대꾸하니 은빈이 픽 하고 웃었다. 나도 웃었고 진도 웃었다. 순간 나는 축구장에서 함께 축구하는 우리의 모습을 상상했다. 나는 오랫동안 은빈을 미워할 줄 알았는데 그러지 못할 것 같다.

“하여튼 미안해. 진짜로.”

은빈이 다시 사과를 했다.

“알았어.”

“미안하다고! 미안하단 말이야.”

은빈이 소리를 질렀고 어찌 된 게 사과를 하는 게 아니라 우리한테 화를 내는 것처럼 보였다. 갑자기 은빈이 바닥에 주저앉더니 무릎을 안고 울기 시작했다. 얘는 안 그래도 추운데 왜 바닥에 앉는 거야? 나와 진은 어찌해야 할지 몰라 우는 은빈을 가만히 보고 있을 수밖에 없었다.

은빈은 화를 내고 있었다. 나와 진이 아니라 자신에게. 그렇기에 나는 정말로 괜찮다고 말해 주고 싶었다.

우리는 은빈을 직접 위로하는 대신 돌려 말했다.

"박윤수 참 못났다."

"난 개 원래 그런 줄 알았어."

나와 진은 이 사달을 만든 박윤수의 탓으로 몰았다. 아무리 생각해도 박윤수가 괘씸했다. 흥분한 진이 은빈에게 말했다.

"은빈아, 너 박윤수랑 안 사귀길 정말 잘했어."

은빈이 고개를 들어 진을 보더니 날카롭게 노려보며 한마디 했다.

"미친."

ㅁㅊ은 아무래도 미친이 맞았다.

16. 종업식

환경 보호 수업의 수행 평가 발표에서 10반인 나와 진, 은빈이 속한 조는 마지막 순서였다. 다른 조 발표를 봐야 했지만 우리 조 발표 내용을 생각하느라 그게 잘되지 않았다. 마지막 조는 이래서 좋지 않다. 발표를 들으면서도 계속 머릿속으로 발표 준비를 해야 했다. 원래 나는 발표할 때 거의 떨지 않는데 지난 1학기 회장 선거 이후로 많은 사람들 앞에 나서서 말할 때면 무척 긴장이 되었다.

다른 조는 재활용품을 활용하기, 일회용 컵을 모아 오면 구청에서 에코 마일리지를 적립해 주는 아이디어 등을 내놓았다.

“자, 이제 마지막 조만 남았네. 나오세요.”

쓰생님이 우리를 가리키며 말했다. 우리는 셋이 함께 발표를 하기로 했다. 은빈이 컴퓨터에 가져온 USB를 꽂아 미리 만든 PPT를 열었다. 어제 카페에 모여 PPT를 같이 만들었다. 은빈이 노트북을 가져왔고, 이제까지 찍은 사진을 분류하며 어떻게 PPT를 구성할지 상의했다. PPT는 열 장 정도가 적당할 것 같았다. 우리 조에게 주어진 시간은 10분인데, 발표가 5분으로 길지 않았고 나머지 5분은 다른 학생들의 질문을 받는 시간이었다.

나와 은빈, 진이 나란히 서서 교실 칠판 앞에 섰다. 우리는 서로를 보며 “하나, 둘, 셋.” 작게 말한 후 발표를 시작했다.

“안녕하세요. 우리는 쓰! 줍! 친! 쓰레기 줍는 친구들입니다.”

쓰줍친이라고 말하면서 아이돌처럼 팔동작을 했는데 다행히 아이들이 박수를 치며 웃어 주었다. 진이 먼저 발표를 시작했다.

“환경 보호를 위해 할 수 있는 게 무얼까 고민하다가 저희 조는 쓰레기 줍기를 떠올렸습니다. 그래서 2주에 한 번씩 신호수 공원에 가서 거리에 버려진 쓰레기를 주웠습니다.”

화면에 우리가 주운 쓰레기 사진이 차례대로 나왔다.

"쓰레기 중 가장 많은 건 일회용 음료수 컵이었습니다."

4개월 동안 우리가 한 활동에 대한 진의 발표가 끝나고, 그 다음으로 내가 활동을 하며 느낀 점을 말했다.

"쓰레기의 양은 공원에 방문한 사람 수와 비례했습니다. 쓰레기를 줄이려면 사람이 줄어야 하나 잠깐 생각했지만, 그럴 수는 없기에 저희는 또 다른 방안을 떠올렸습니다. 공원에 쓰레기통을 더 설치하는 것입니다. 입구부터 중간까지는 쓰레기통이 없기에 다른 곳보다 쓰레기가 조금 더 많았습니다."

우리는 구청 홈페이지에 있는 건의함에 신호수 공원에 쓰레기통 설치를 해 달라고 글을 올렸다. 글만 올려서는 효과가 없을까 봐 우리가 직접 활동하며 느낀 점과 사진을 같이 올리며 설명을 덧붙였다. 구청 홈페이지에 올린 글의 스크린샷도 발표 자료에 넣었다.

나와 진의 발표가 끝나자 아이들이 질문을 했다. 각 조마다 질문을 한 개씩은 해야 해서 다섯 개의 질문이 이어졌다. 은빈은 차분하게 질문에 답을 했다. 은빈에게 질의응답을 맡기기를 잘했다.

쓰생님이 우리의 발표를 다 듣고 난 후 한두 번도 아니고 이렇게 여러 번 쓰레기를 주웠다니 고생이 많았다고 격려해 주었다.

"근데 재미있었어요."

자리로 돌아가며 은빈이 말했다. 나도 진도 고개를 끄덕였다. 진짜로 그랬다.

도덕 수업이 끝난 후 도덕 선생님이 나와 진, 은빈을 불렀다. 우리 셋은 선생님을 따라 교무실로 갔다.

"쓰레기 주우러 다니느라 힘들었지? 나도 말로만 하고 못한 걸 너희가 했구나."

선생님이 우리에게 봉투를 하나 주었다.

"선생님이 같이 가서 사 주고 싶은데 너희끼리 먹는 게 더 좋지?"

봉투 안에는 햄버거 세트 상품권이 들어 있었다.

"우아. 감사합니다!"

선생님은 다른 아이들에게는 비밀이라며 눈을 찡긋했다. 우리는 종업식 날 햄버거 상품권을 쓰러 가기로 했다. 그날은 점심 급식이 없기 때문이다.

종업식 날 수업은 3교시까지만 했다. 2교시까지는 정규 수업을 하고 3교시에 종업식을 했다. 입학식은 강당에 모여

했지만, 종업식은 교실에 앉아 텔레비전 화면으로 했다. 교장 선생님 말씀이 끝난 다음 담임 선생님이 2학기 학교생활 통지표와 2학년 반 배정이 적힌 종이를 나눠 주었다. 나는 2학년 3반이었다. 진에게 몇 반이냐고 물어보니 "6반."이라고 했다.

담임 선생님이 마지막 인사를 한 후 종업식이 끝났다. 반 아이들이 가방을 챙겨 나갔고 나와 진, 은빈은 천천히 움직였다. 오늘 함께 햄버거를 먹으러 간다.

가방을 들고 은빈에게 갔다.

"너 몇 반 됐어?"

"나 7반."

나랑 진은 3반, 6반이 되었다고 알려 줬다. 우리 셋 다 다른 반이 되었다.

"박윤수 3반이던데."

은빈의 말을 듣고 나는 인상을 썼다. 하필 그 녀석과 같은 반이라니.

"그래. 내가 안고 가겠다."

나는 전쟁에서 희생이라도 하는 것처럼 비장하게 말했고 진이 내 어깨를 두드렸다. 뭐야? 이러니까 진짜 내가 희생하는 것 같았다.

햄버거 가게는 학교에서 제법 거리가 있었다. 버스를 타고 가기에도 애매해서 우리는 그냥 걷기로 했다. 빨리 걸으면 15분이면 갈 수 있다. 날씨가 무척 추웠다. 손이 시려워 자연스레 주머니에 손을 넣는데 은빈이 나를 째려봤다.

"위험하다."

나는 손을 뺐다. 진은 은빈에게 지적받을 걸 알았는지 이미 손을 뺀 상태였다.

"아니, 너는 장갑이 있으니까 괜찮겠지만 우린 없어서 춥다고."

내가 볼멘소리로 투덜거렸다. 옆에서 진도 "손 시린데." 하고 작게 말했다. 그러자 은빈이 메고 있던 가방을 앞으로 가져온 다음 안에서 무언가를 꺼냈다.

"자."

은빈이 나와 진에게 포장지로 싼 것을 건넸다. 필통 두께의 물건이었다. 나와 진은 길에 서서 포장지를 뜯었다. 그 안에는 장갑이 있었다.

"니들 그거 끼고 앞으로 주머니에 손 넣지 마."

은빈은 쑥스러운지 추운지 그 말을 남기고 먼저 급하게 걸었다. 나와 진은 은빈에게 받은 장갑을 끼었다. 마법처럼 손이 더는 시리지 않았다. 이제 주머니에 손을 넣고 걷지 않을 수 있을 것 같았다.

"야, 같이 가."

나와 진은 은빈 쪽을 향해 뛰어갔다. 은빈에게 양손을 들어 장갑 낀 손을 보여 줬다. 은빈이 씩 웃었다.

우리는 나란히 걸었다. 1학기 때만 하더라도 내 옆에 진과 은빈이 있을 줄은 상상도 하지 못했다. 셋 다 다른 반이 되어 아쉽다. 어쩌면 내년에는 이 둘과 함께하지 못할지도 모르겠다. 그래도 괜찮다.

입학식 날, 처음 입었던 교복 소매 끝이 이제 손목까지 올라왔다. 그사이 내가 좀 자라긴 했나 보다. 지난 1년간 어렴풋이 깨달은 게 있다. 어제의 내가 잘나갔다고 오늘의 내가 잘나가는 게 아니다. 마찬가지로 오늘의 내가 후졌다고 내일의 나까지 후진 게 아니다.

"배고프다, 빨리 가자."

나는 조금 더 빨리 걷기 시작했고 은빈과 진도 내 속도에 맞춰 걸었다.

이제 열네 살을 조금 알 것 같았는데 어느새 열네 살이 끝나 가고 있다. 열다섯도 쉽진 않겠지. 그래도 한번 해 볼 거다.

와라, 열다섯.

아니. 내가 간다, 열다섯.

신호 수 중 학 교

『열세 살의 걷기 클럽』이 나온 뒤 후속작을 요청하는 독자들을 많이 만났습니다. 윤서, 강은, 혜윤, 재희 네 명의 아이들이 열네 살이 되고도 계속 걷기 클럽을 하는지, 열네 살 때도 서로 잘 지내는지 궁금하다고 했어요. 아무리 생각해도 저는 후속 이야기를 쓰지 않아도 될 것 같더라고요. 네 주인공은 열네 살이 되어도 자신만의 속도로 걷기를 하면서 잘 지낼 것 같았거든요.

그러다가 문득 깨달았어요. 독자들이 궁금해하는 건 단순히 걷기 클럽 아이들의 다음 이야기가 아니라는 것을요. 초등학교를 졸업하고 중학교라는 새로운 환경에서 살아가는 모습이 궁금한 거구나!

생각해 보니 제가 한 번도 열네 살이 주인공인 이야기를 해 본 적이 없더라고요. 세상에, 이제까지 30편도 넘는 동화와 청소년소설을 썼으면서 어쩜 열네 살 이야기만 쏙 빼놓았을까요. 초등학교 6학년이 중학교 1학년이 된다는 건 단순히 한 학년의 변화만 있는 게 아니에요. 새로운 세계로 가는 거죠.

걷기 클럽 후속 이야기는 아니지만, 같은 세계관을 공유하면 좋겠다 싶었어요. 그래서 걷기 클럽 아이들이 졸업한 초등학교 바로 옆에 있는 '신호수 중학교'를 배경으로 했답니다. 책을 읽으면서 혹시 눈치챘나요? 네 명의 걷기 클럽 멤버들은 하민이의 2년 선배이기도 합니다. 그래서 하민이 동생 하랑이를 통해 소식이 전해지죠. 앞으로도 '신호수 유니버스'를 통해 아이들이 성장하는 이야기를 계속 하고 싶어요.

저는 같은 책을 여러 번 읽지 않아요. 이미 아는 내용인데 뭘 또 읽나 싶어서죠. '인생의 책'으로 꼽는 서너 권 정도만 다시 읽어요. 심지어 제가 쓴 책도 다시 읽는 걸 좋아하지 않아요. 그런데 『이 망할 열네 살』만큼은 아주 여러 번 읽었어요. 세상에 나 혼자인 느낌이 들 때, 생각처럼 일이 잘 풀리지 않을 때, 새롭게 무언가를 시작해야 하는데 용기가 나지 않을 때 이 글을 읽었어요. 그러면 이상하게 위로가 되더라고요. 아, 나만 어려운 게 아니구나. 나만 힘든 게 아니구나. 하민이와 진, 은빈이를 통해 저는 이번에도 또 많이 배웠어요. 그래서 저는 글을 계속 쓸 수밖에 없나 봐요.

하민이는 어른을 두 종류로 나누어요. 괜찮은 어른과 별로인 어른. 저는 괜찮은 어른이고 싶어요. 어린이, 청소년 들에게 "어, 저 어른 좀 괜찮네."라는 이야기를 듣고 싶어요. 괜찮은 어른이 되기 위해 더 노력하겠습니다. 그래야 세상은 조금 더 괜찮아질 테니까요.

사는 건 참 쉽지 않아요. 내 마음처럼 되지 않는 일도 많고, 원하는 게 다 이루어지지도 않죠. 그런데 예상하지 못한 즐거움을 만날 때도 있어요. 그러니 모두들, 조금씩 힘내서 살아 봐요.

처음 시작하는 당신에게 응원을 보내며
2026년 1월 김혜정

이 망할 열네 살

2026년 1월 12일 1판 1쇄
2026년 2월 28일 1판 2쇄

지은이　김혜정
편집　장슬기 윤설희 최경후 강수연
디자인　조정은
제작　박홍기
마케팅　김수진 이태린 이예지
홍보　조민희
인쇄　천일문화사
제책　J&D바인텍

펴낸이　강맑실
펴낸곳　(주)사계절출판사
등록　제406-2003-034호
주소　(우)10881 경기도 파주시 회동길 252
전화　031)955-8588, 8558
전송　마케팅부 031)955-8595 편집부 031)955-8596
홈페이지　www.sakyejul.net
전자우편　literature@sakyejul.com
X(트위터)　x.com/sakyejul
인스타그램　instagram.com/sakyejul

© 김혜정

ISBN 979-11-6981-416-4 44810
ISBN 978-89-5828-473-4 (세트)